U0083087

比较文学与世界文学研究丛书

主编 曹顺庆

初编 第 18 册

中西比较文学六论（下）

张 叉 著

花木兰文化事业有限公司

国家图书馆出版品预行编目资料

中西比较文学六论（下）／张叉 著 -- 初版 -- 新北市：花木兰文化事业有限公司，2022〔民 111〕

目 2+144 面；19×26 公分

（比较文学与世界文学研究丛书 初编 第 18 册）

ISBN 978-986-518-724-8（精装）

1.CST：比较文学

810.8 110022068

比较文学与世界文学研究丛书

初编 第十八册 ISBN：978-986-518-724-8

中西比较文学六论（下）

作　　者 张　叉

主　　编 曹顺庆

企　　划 四川大学双一流学科暨比较文学研究基地

总 编 辑 杜洁祥

副总编辑 杨嘉乐

编辑主任 许郁翎

编　　辑 张雅淋、潘玟静、刘子瑄　美术编辑 陈逸婷

出　　版 花木兰文化事业有限公司

发 行 人 高小娟

联络地址 台湾 235 新北市中和区中安街七二号十三楼

电话：02-2923-1455 ／传真：02-2923-1452

网　　址 http://www.huamulan.tw 信箱 service@huamulans.com

印　　刷 普罗文化出版广告事业

初　　版 2022 年 3 月

定　　价 初编 28 册（精装）台币 76,000 元

中西比较文学六论（下）

张叉 著

目次

上　册

下　册

陶渊明和华兹华斯的生死观[1]

陶渊明和华兹华斯在其作品中频频论及生死问题，从不同角度和层面阐发自己的生死观，形成了一个引人注目的独特的文学现象。兹上中国知网检索，截至 2021 年 8 月，陶渊明和华兹华斯生死观比较研究的学术论文有 2 篇，一是 2004 年在《东方丛刊》发表的《陶渊明和华兹华斯的生死观》[2]，二是 2013 年在《保山学院学报》发表的《陶渊明与华兹华斯诗歌中的生死观之比较》[3]，数量偏少，且离现在已经较久了，说明学术界对这一文学现象的关注是不够的。其实，陶渊明和华兹华斯的生死观同中有异、异中存同，二者之间具有较大的可比性，是有必要进一步加以研究的。

魏耕原在《陶渊明论》中写道："陶诗属于诗化的哲学，哲学的诗化。"[4]这样的评论对于陶渊明来说固然中肯，其实，用它来评价华兹华斯也是可以的，那就是，华兹华斯的诗属于诗化的哲学，哲学的诗化。对陶渊明和华兹华斯而言，生死既是他们哲学思考的一个重要命题，又是他们文学创作的一个重要命题。

一、陶渊明和华兹华斯生死观的哲学命题

生死是哲学思考的一个永恒命题。剑桥大学物理学家斯蒂芬·威廉·霍

---

1 本文是四川省教育厅 2001 年社会科学研究青年基金项目"陶渊明和华兹华斯比较研究"（项目编号川教计[2001] 150 号-川教科 AB01-3）阶段成果。

2 张叉《陶渊明和华兹华斯的生死观》，《东方丛刊》，2004 年第 1 辑，桂林：广西师范大学出版社，2004 年版，第 237-253 页。

3 许辉《陶渊明与华兹华斯诗歌中的生死观之比较》，《保山学院学报》，2013 年第 1 期，第 55-58 页。

4 魏耕原著《陶渊明论》，北京：北京大学出版社，2011 年版，第 3 页。

金（Stephen William Hawking，1942-）的研究成果表明，宇宙诞生于约六十亿年前的奇点（singularity），亦将终结于几百亿年后的奇点。始而必终、生而必死是宇宙本身和宇宙之中万事万物遵循的规律。许慎《说文·人部》：“人，天地之性最贵者也。”[5]《孝经·圣治》：“天地之性，人为贵。”[6]曹操《度关山》：“天地间，人为贵。”[7]威廉·莎士比亚（William Shakespeare，1564-1616）《汉姆雷特》（*Hamlet*）第二幕第二场赞人：“宇宙的精华！万物的灵长！”[8]但话说回来，在浩瀚的宇宙之中，人又只是沧海一粒，无法抗拒与超越始而必终、生而必死的规律。《孔子家语·本命解》：“分于道谓之命，形于一谓之性，化于阴阳象形而发谓之生，化穷数尽谓之死。故命者性之始也，死者生之终也，有始则必有终矣。”[9]《吕氏春秋·孟冬纪·节丧》：“凡生于天地之间，其必有死，所不免也。”[10]《晏子春秋·外篇重而异者·景公置酒泰山四望而泣晏子谏》：“夫盛之有衰，生之有死，天之分也。”[11]《战国策·秦策三》：“五帝之圣而死，三王之仁而死，五霸之贤而死，乌获之力而死，奔育之勇而死。死者，人之所必不免。”[12]曹操《精列》：“厥初生，造化之陶物，莫不有终期。”[13]《步出夏门行》：“神龟虽寿，犹有竟时；腾蛇乘雾，终为土灰。”[14]《圣经·旧约全书·创世纪》（“Genesis”，*The Books of the Old Testament, The Holy Bible*）：“你本是尘土，仍要归于尘土。”[15]《圣经·旧约全书·传道书》（“Ecclesiastes”，*The Books of the Old Testament, The Holy Bible*）：“无人有权力掌管生命，将生命留住；也无人有权力掌管死期；……”[16]“生有时，死有时；……”[17]当今版《赞美歌》（*The Psalms* 〈*for Today*〉）：“人的伟大并不能让自己不死亡；他仍然要像动物一样地死

5 许慎撰《说文解字》，北京：中华书局，1963年版，第161页。
6 阮元校刻《十三经注疏》下册，北京：中华书局，1980年版，第2553页。
7 《曹操集》，北京：中华书局，1959年版，第3页。
8 转引自：何其莘著《英国戏剧史》，南京：译林出版社，2008年版，第88页。
9 王肃注《孔子家语》，上海：上海古籍出版社，1990年版，第69-70页。
10 《诸子集成》第六册，北京：中华书局，1954年版，第96页。
11 《诸子集成》第四册，北京：中华书局，1954年版，第179页。
12 吴楚材、吴调侯选《古文观止》上册，北京：中华书局，1959年版，第136页。
13 《曹操集》，北京：中华书局，1959年版，第2页。
14 《曹操集》，北京：中华书局，1959年版，第11页。
15 《圣经》（新标准修订版、新标准和合版），中国基督教协会，第5页。
16 《圣经》（新标准修订版、新标准和合版），中国基督教协会，第1018页。
17 《圣经》（新标准修订版、新标准和合版），中国基督教协会，第1012页。

去。”[18]弗里德里希·威廉·尼采（Friedrich Wilhelm Nietzsche，1844-1900）《苏鲁支语录》（*Also Sprach Zarathustra*）卷之四：“凡完满的，一切成熟的——要死掉！”[19]英国谚语中论及生之必死者有很多：“生有日，死有时。”[20]“自古有生必有死。”[21]“人皆有一死。”[22]“人物不分大小，死亡都免不了。”[23]“人生在世，唯死难逃。”[24]“黄泉路上无贵贱。”[25]“死亡无药治。”[26]“万事都可补救，人死不能复生。”[27]乔治·赫伯特（Herbert，1593-1633）说：“有生则必有死。”[28]托马斯·富勒（Thomas Fuller，1608-1661）说：“死亡给予所有人以平等的待遇。”[29]艾布·阿塔希叶（Abū al- ‘atāhiyah，748-825）《为死亡而生殖》：“为死亡而生殖，为毁坏而建筑！/灭亡是你们所有人的归宿。”[30]阿尔弗雷德·丁尼生（Alfred Tennyson，1809-1892）《悼念集》（*In Memoriam*）第二首：“你荫影里的一下下钟声/把短短的人生逐

18 原文为：“A Man’s greatness cannot keep him from death; he will still die like the animals.”详见：*The Psalms (for Today)*, New York: American Bible Society, 1976, p.21.

19 尼采著《苏鲁支语录》，徐梵澄译，北京：商务印书馆，1992 年版，第 333 页。

20 原文为：“He that is once born, once must die.”详见：盛绍裘、李永芳编《英汉双解英语谚语辞典》，上海：知识出版社，1989 年版，第 206 页。

21 原文为：“It is natural to die as to to be born.”详见：盛绍裘、李永芳编《英汉双解英语谚语辞典》，上海：知识出版社，1989 年版，第 253 页。

22 原文为：“Death is common (or sure) to all.”详见：盛绍裘、李永芳编《英汉双解英语谚语辞典》，上海：知识出版社，1989 年版，第 108 页。

23 原文为：“Death spares neither small nor great.”详见：盛绍裘、李永芳编《英汉双解英语谚语辞典》，上海：知识出版社，1989 年版，第 108 页。

24 原文为：“Every door may be shut, but death’s door.”详见：盛绍裘、李永芳编《英汉双解英语谚语辞典》，上海：知识出版社，1989 年版，第 133 页。

25 原文为：“In the grave the rich and poor lie equal.”详见：盛绍裘、李永芳编《英汉双解英语谚语辞典》，上海：知识出版社，1989 年版，第 248 页。或译：“一进坟墓，贫富无别。”

26 原文为：“There is no medicine against death.”详见：盛绍裘、李永芳编《英汉双解英语谚语辞典》，上海：知识出版社，1989 年版，第 449 页。

27 原文为：“There is a remedy for everything (or: all things) but death.”详见：盛绍裘、李永芳编《英汉双解英语谚语辞典》，上海：知识出版社，1989 年版，第 446 页。

28 原文为：“He that is once born, once must die.”详见：连畔编译《英语格言菁华》，香港：上海书局有限公司，1978 年版，第 40-41 页。

29 原文为：“Death is the grand leveller.”详见：连畔编译《英语格言菁华》，香港：上海书局有限公司，1978 年版，第 40-41 页。

30 《阿拉伯古代诗选》，仲跻昆译，北京：人民文学出版社，2001 年版，第 227 页。

点敲走。”[31]威廉·巴特勒·叶芝（William Butler Yeats，1865-1939）《水中自我欣赏的老人》：“万物都变易，/我们也一个个凋落。”[32]威廉·卡伦·布莱恩特（William Cullen Bryant，1794-1878）《死之念》（“Thanatopsis”）：

而所有的人都将辞别欢乐，
来与你墓中同床。
随漫漫流年去，
世人之子、人生之青青韶华、
妙龄盛年、主妇少女，
不会说话的婴儿、白发老人——
一个个都将聚集在你身旁，
埋他们的人也将随后来到[33]。

亚里斯多德（Aristotle，前384-前322）认为，“人是社会性动物”[34]，卡尔·马克思（Karl Marx，1818-1883）认为，人既是自然的又是社会的，人是自然性和社会性的统一体。人的死亡不仅只是生物体的消失，而且是文化体的灭亡，因而向来为人所重，《吕氏春秋·孟冬纪·节丧》：“审知生，圣人之要也。审知死，圣人之极也。”[35]司马迁《史记·太史公自叙》：“死者不可复生，离者不可复反，故圣人重之。”[36]《六祖坛经·机缘品》：“生死事大，无常迅速。”[37]本·琼生（Ben Jonson, 1572-1637）《规模》（“Proportion”）：“规模小，美貌才好细端详，/时间短，生命才过得圆满。”[38]

杨中举说：“人们在迎接新生命、送走死亡的社会性实践中必然要以各种方式对生死特别是死亡进行思索、把握。”[39]今道友信说：“思索存在的

31 《丁尼生诗选》，黄杲炘译，上海：上海译文出版社，1995年版，第175页。
32 《叶芝诗集》（上），傅浩译，石家庄：河北教育出版社，2003年版，第187页。
33 威廉·卡伦·布莱恩特《死之念》，张顺赴译，详见：卡尔·博德编《美国文学精华》（第一分册），四川师范大学文学与翻译研究会译，成都：四川师大学学报编辑部，1985年版，第69页。
34 转引自：章志光主编《社会心理学》，北京：人民教育出版社，1996年版，第4页。
35 《诸子集成》第六册，北京：中华书局，1954年版，第96页。
36 司马迁撰《史记》第十册，北京：中华书局，1959年版，第3292页。
37 不慧演述《白话佛经》，北京：中国社会科学出版社，1991年版，第64页。
38 本·琼生《规模》，王佐良《英诗的境界》，北京：生活·读书·新知三联书店，1991年版，第202页。
39 杨中举《从中欧墓志铭文学看中西民族文化个性的异同》，《东方丛刊》，2002年第4期，第200页。

人，而且思索人的人，不能不思索死。”[40]这在中西方神话和语言中均可找到证据。

第一，在中国和希腊神话中都有不少的内容涉及到了死亡命题。《山海经·海外北经》载，“夸父与日逐走，入日。渴欲得饮，饮于河渭。河渭不足，北饮大泽，未至，道渴死”[41]。《山海经·海外西经》载，“形天与帝至此争神，帝断其首，葬之常羊之山”[42]。《山海经·北山经》载，“女娃游于东海，溺而不返，故为精卫”[43]。《希腊神话和传说·俄狄浦斯的故事》载，俄狄浦斯（Oedipus）在不知对方来历的情况下，先是打死了同自己争道的父亲拉伊俄斯，后又迎娶母亲伊俄卡斯特为妻。伊俄卡斯特在得知真相后羞愧难当，“上吊自尽了，脸上带着难以名状的痛苦”[44]。《希腊神话和传说·墨勒阿革洛斯和野猪》载，墨勒阿革洛斯（Meleagros）在分配猎物的纠纷中，一气之下杀死了舅父普勒克西波斯两兄弟。母亲阿尔泰亚替兄弟报仇，将维系墨勒阿革洛斯生命的那块劈柴投进火中，儿子在痛苦中死去。母亲后悔莫及，“她感到无脸见人，便用一条腰带自缢而死”[45]。《希腊神话和传说·赫剌克勒斯的故事》载，赫剌克勒斯（Heracles）终身为赫拉所迫害，他创建十二件奇功而天下闻名，但最后遭到得伊阿尼拉暗算，穿上了浸透涅索斯毒血的衣服中毒，“疼痛得时而在地上翻滚，时而跳起来大声吼叫”[46]，饱受折磨，悲惨而亡。《希腊神话和传说·伊阿宋和美狄亚》载，美狄亚（Medea）为了爱情同伊阿宋私奔，她将追赶上来的亲弟弟杀死、碎尸、抛尸。十年后，伊阿宋趋新弃旧，执意迎娶科林斯国王克瑞翁的女儿、年轻美丽的姑娘格劳克。美狄亚哄骗格劳克穿戴上用魔药浸泡过的衣服和首饰，格劳克“顿时脸色惨白，并开始浑身发抖，紧接着就摔倒在地

---

40 今道友信等著《存在主义美学》，崔相录、王生平译，沈阳：辽宁人民出版社，1987年版，第70页。

41 栾保群详注《山海经详注》（插图本），北京：中华书局，2019年版，第412页。

42 栾保群详注《山海经详注》（插图本），北京：中华书局，2019年版，第389页。形天：或作“刑天”与“形夭”。

43 栾保群详注《山海经详注》（插图本），北京：中华书局，2019年版，第178页。

44 古斯塔夫·施瓦布著《希腊神话和传说》，全保民译，北京：人民文学出版社，1998年版，第137页。

45 古斯塔夫·施瓦布著《希腊神话和传说》，全保民译，北京：人民文学出版社，1998年版，第72页。

46 古斯塔夫·施瓦布著《希腊神话和传说》，全保民译，北京：人民文学出版社，1998年版，第109页。

上。同时，她头上的首饰也喷发出熊熊的火焰。克瑞翁国王听见女儿的惨叫声，急忙跑来把她紧紧搂在怀里。女儿在他怀里慢慢闭上了眼睛，他自己也被无情的毒药和火焰夺走了生命”[47]。为了进一步报复伊阿宋，美狄亚把她同伊阿宋生的、正在熟睡中的两个儿子残忍地杀死。伊阿宋见两个儿子皆遇害而死，美狄亚又乘龙车逃走，不禁万念俱灰，于是便拔出宝剑，自杀身亡了。《希腊神话和传说 · 特洛伊战争》载，在特洛伊战争中，阿喀琉斯因希腊联军内部出现分歧而愤怒，一连多日不愿意出战。阿喀琉斯的好友帕特洛克罗斯（Patroclus）[48]身穿阿喀琉斯的铠甲出战，把特洛伊军队打得落花流水。赫克托耳在神祇的保佑下，回头同帕特洛克罗斯交战。帕特洛克罗斯遭到太阳神阿波罗打击而晕头转向，旋即被赫克托耳折断长枪，抢走盾牌，夺去胸甲。他被赫克托耳“一枪刺中，都没来得及吼一声就倒在了地上”[49]，呼呼哀哉，魂丧疆场。《希腊神话和传说 · 俄底修斯的故事》载，俄底修斯（Odysseus）和同伴征服特洛伊后踏上返家之途，一日来到库克罗普斯，遇到一个残暴、野蛮的独眼巨人。这个巨人用他的大手抓起俄底修斯的两个同伴，将他们摔死在地上。然后把他们撕成碎块，就像饥饿的狮子吞食猎物一样把他们吃了下去。第二天早上，独眼巨人又抓了俄底修斯的两个同伴当早饭吃。当天晚上回来，又吃了两个同伴。俄底修斯历经千难万险回到家以后，对向他妻子求婚、长期赖在他家大吃大喝的人大开杀戒，“那些还活着的求婚者像被追捕的野兽一样，从一个角落逃到另一个角落。地上的鲜血流成了河并且冒着热气。没有一个求婚者能够逃脱”[50]。《希腊神话和传说 · 坦塔罗斯家族的结局》载，坦塔罗斯家族的祖先坦塔罗斯在宴请奥林匹斯山众神时将自己的亲儿子珀罗普斯杀死做成美味献给他们，借助于众神怜悯复活过来的珀罗普斯杀死了赫耳墨斯的儿子密耳提罗斯。后来，哥哥阿特柔斯杀死弟弟堤厄斯忒斯两个儿子，把他们做成佳肴来招待弟弟。再后来，阿特柔斯的长子阿伽门农（Agamemnon）杀死堤厄斯忒斯。特洛伊

47 古斯塔夫 · 施瓦布著《希腊神话和传说》，全保民译，北京：人民文学出版社，1998 年版，第 67-68 页。

48 Patroclus，亦名“Patroklos”。

49 古斯塔夫 · 施瓦布著《希腊神话和传说》，全保民译，北京：人民文学出版社，1998 年版，第 187 页。

50 古斯塔夫 · 施瓦布著《希腊神话和传说》，全保民译，北京：人民文学出版社，1998 年版，第 254 页。

战争后，阿伽门农回到王宫，遭到妻子克吕泰涅斯特拉、弟弟埃癸斯托斯暗算，他“走进浴室，解下铠甲，脱掉衣服，毫无戒备地跳进了宽大的浴缸。这时，克吕泰涅斯特拉和埃癸斯托斯从隐秘处跑出来，张开一张网把他罩住，然后用匕首在他身上一连刺了数下。阿伽门农的呼救声在浴室里回荡着，可是因为浴室设在地下的密室里，上面宫殿里的人根本听不见。紧接着，卡珊德拉也被杀死在黑暗的大厅里”[51]。阿伽门农的小儿子俄瑞斯忒斯长大成人后回国寻仇，他首先杀了克吕泰涅斯特拉，然后硬是把埃癸斯托斯推进密室，在阿伽门农遇害的地方杀死了埃癸斯托斯。中国和希腊的这些神话都无情地展示了生命的毁灭，是古代中国和希腊人在严酷的现实中对命运的思考，是他们集体无意识的反映，是他们因死亡的记忆和幻想而来的恐怖心理的流露。不过，中国和希腊神话对于死亡的表现是有较大差异的。相对于中国神话，希腊神话所表现的死亡范围更加宽广，内容更加丰富，程度更加惨烈，这说明西方文化对于死亡的思考更加直面现实，更加深刻透彻。

第二，在汉语和英语中都存在着大量同死亡相关的词汇或表达法。如：汉语中的“逝世”、“辞世”、“过世”、“归西”、“作古”、“已故”、“仙游”、“长眠”、“安息”、“与世长辞”、“牺牲”、“献身”、“捐躯”、“殉国”、“殉职”、“尽职”、“就义”、“流尽最后一滴血”、“遇难”、“见马克思”、“过去了”、“去世了”、“离开了”、“永别了”、“心脏停止了跳动”、“圆寂”、“坐化”、“示寂”、“示灭”、“升天”、“登仙”、“见背”、“驾崩”、“大薨”、“山陵崩”、“大行”、“登遐”、“见阎王”、“回老家”、“归西天”、“断气”、“完蛋”、“翘辫子”、“一命呜呼”、“呜呼哀哉”、“下地狱”、“丧身”和“完蛋”，英语中的“to die”、“to die off”、“to lie down and die”、“to roll over and die”、“to bite the dust”、“to decease”、“to join the majority”、“to go forth”、“to expire”、“to lay”、“to depart”、“to depart with the world”、“to pay one’s debt to nature”、“to fall”、“to breathe one’s last”、“to go to be with God”、“to be with God”、“to pass away”（或“to pass on”；“pass over”）、“to kick the bucket”、“to rest in peace”、“to meet

51 古斯塔夫·施瓦布著《希腊神话和传说》，仝保民译，北京：人民文学出版社，1998 年版，第 265 页。

one’s maker”、“to go to the better world”、“to go to Heaven”、“to head for one’s last roundup”、“to cask in one’s chips”（或“cash it in”）、“to go over to the other side”、“to give up the ghost”、“to yield up the ghost”、“to go to one’s last reckoning”、“to go the way of all flesh”、“to go west”、“to go hence”、“to go”、“to go to grass”、“to pop off”、“to be done for”、“death”和“quietus”[52]，都是极好的例证。

生死是哲学思考的一个永恒命题。从《论语》、《老子》等文化典籍来看，至少早在春秋时期中国哲人就已经开始思考生死之事了。自此之后，相关论述更是多如牛毛。《庄子·知北游》：

> 人生天地之间，若白驹之过卻，忽然而已。注然勃然，莫不出焉。油然漻然，莫不入焉。已化而生，又化而死，生物哀之，人类悲之。解其天弢，隳其天袠，纷乎宛乎，魂魄将往，乃身从之，乃大归乎[53]。

《庄子·德充符》：“仲尼曰：‘死生亦大矣，而不得与之变，虽天地覆坠，亦将不与之遗。’”[54]陈眉公说：“人不得道，生死老病四字关，谁能透过？独美人名将，老病之状，尤为可怜。”[55]京师谚云：“五十里外不带伞，好大胆。五十岁后不买板，好大胆。”[56]陶渊明是个饱经亲人离逝之痛的人。晋简文帝咸安二年（公元 372 年），父亲去世，时年他仅八岁。晋孝武帝太元元年（公元 376 年），庶母去世，时年他仅十二岁。晋孝武帝太元十九年（公元 394 年），妻子去世。隆安五年（公元 401 年），生母孟氏去世。义熙元年（公元 405 年），程氏妹去世。义熙七年（公元 411 年），从弟敬远去世。陶渊明面对生命有限、生而必死的严酷现实，心中极为痛苦，其《祭程氏妹文》和《祭从弟敬远文》情真意切，催人泪下，表达了深切的失亲之痛。说生死是陶渊明哲学思考的一个重要命题，可能一点也不过分。陶渊明在《与子俨等疏》中写道：“子夏有言：‘死生有命，富贵在天。’四友之人，亲受音旨，

52 要确切统计出汉语和英语中表示死亡的词汇或表达法究竟有多少是不容易的。在 1766 年刊行的《康熙字典》中，仅“歹”部首就列出了 80 多个描述死亡的字，不同年龄、不同等级的人的死亡，都有不同的字来加以表达。

53 《诸子集成》第三册，北京：中华书局，1954 年版，第 140-141 页。

54 《诸子集成》第三册，北京：中华书局，1954 年版，第 31 页。

55 陈眉公著《小窗幽记》，北京：中国妇女出版社，1991 年版，第 38 页。

56 杜文澜辑，周绍良校点《古谣谚》，北京：中华书局，1958 年版，第 643 页。

发斯谈者，将非穷达不可妄求，寿夭永无外请故耶？”[57]他在此表达的观点是，一个人的生与死是由上天所决定了的，非人力所能改变，人除了顺应自然之外，别无选择。考之《论语》，可知他对生死的这种思考是受儒家文化影响的，具有儒家哲学思辩色彩。《论语·颜渊》：“子夏曰：‘商闻之矣：死生有命，富贵在天。’”[58]袁行霈认为，“陶渊明不同于其他诗人，因为他思考着关于宇宙、人生的大问题，而且得出了具有哲学高度的结论”[59]。其实，生死就是陶渊明思考的一个人生大问题，是他的一大哲学思考。他在《影答形》中所提到了寻仙以求长生不老，在《归去来兮辞》和《拟挽歌辞》等作品中提到了生死之事要顺应自然，等等，说明他对生死的思考亦具有道家哲学之思辩色彩。

在西方，人的问题始终是哲学家探讨的主旋律。米歇尔·埃康·德·蒙田（Michel Eyquem de Montaigne，1533-1592）宣称，哲学的真正课题是对死亡的研究，哲学就是死学。卡尔·雅斯贝尔斯（Karl Jaspers，1883-1969）认为，人在短暂的一生中，痛苦、斗争、犯罪、死亡是无法摆脱的，它使人处于边缘状态，从事哲学就是学习死亡。华兹华斯是个过早过多经历亲朋好友离逝苦难的人。1778 年 3 月，母亲安妮·科克松（Ann Cookson）去世，时年他仅近八岁。几个月后，他所钟爱的妹妹死去。1783 年 12 月 30 日，他父亲约翰·华兹华斯（John Wordsworth）去世，距母亲去世仅五年多。对于父亲的去世，他在《序曲》第十二卷中沉痛地写道：

> 那是多么悲惨的时刻——在父亲的
> 房中羁留了还不到十天的时间，
> 他死去了，我和三个兄弟成了
> 孤儿，将他的遗体送入坟中[60]。

1805 年 2 月 5 日，他年仅三十三岁的弟弟、海军军官约翰·华兹华斯（John Wordsworth）在阿勃格文号船沉事故中遇难。1812 年，他的第二个儿子托马斯·华兹华斯（Thomas Wordsworth）去世。1812 年 6 月，他的小女儿凯瑟琳·华兹华斯（Catharine Wordsworth）去世。1835 年，妻妹、他忠实的

57 逯钦立校注《陶渊明集》，北京：中华书局，1979 年版，第 162 页。
58 阮元校刻《十三经注疏》下册，北京：中华书局，1980 年版，第 2503 页。
59 袁行霈撰《陶渊明研究》，北京：北京大学出版社，1997 年版，第 27 页。
60 第十二卷《想象力与审美力，如何被削弱又复元》第 305-308 行，威廉·华兹华斯著《序曲》，丁宏为译，北京：中国对外翻译出版公司，1999 年版，第 322 页。

抄写员莎拉·赫金森（Hutchinson）去世。1846 年，抚养他成人的叔父克里斯托芬·克拉坎梭普·华兹华斯（Christopher Crackanthorpe Wordsworth）去世。1847 年，他最心爱的女儿多拉·华兹华斯（Dora Wordsworth）去世。1795 年 1 月，他的老同学、好朋友累斯利·卡尔弗特（Raisley Calvert）去世。1832 年 9 月，好友瓦尔特·司各特（Walter Scott）去世。1834 年，好友塞缪尔·泰勒·柯勒律治（Samuel Taylor Coleridge）去世。同年，好友查尔斯·兰姆（Charles Lamb）去世。1846 年，好友本杰明·罗伯特·海登（Benjamin Robert Haydon）自杀。华兹华斯不仅有幼年丧父之痛，而且有晚年失子之苦，这一切不仅让他心中感到非常的痛苦，灵魂受到极大的震动，而且促使他对生死命题进行哲学思考。他的《译自奇亚布雷拉的墓志铭》（“Epitaphs Translated from Chiabrera”）第四章中有 6 行文字：

……然而最后
我知道，一个不幸的时刻足够
把高贵者与低贱者拉到同一条水平线。
我们航行在生命之海上——发现了清静，
发现了风暴——航程已经走完
死亡是我们所有人宁静的港湾[61]。

上引 6 行墓志铭的点睛之笔是第 27 行“死亡是我们所有人宁静的港湾”（“Death is the quiet haven of us all.”），这应该是华兹华斯清醒意识到的一个惨痛、冰冷、残酷的现实。对于这样的现实，他这样一个敏锐、多愁、善感的诗人不可能熟视无睹、木然处之，而极有可能是触及灵魂、深入思考的。他在《论墓志铭》（1810 年）中感叹道：“在人世间，每个人像云影一样飘过——”[62]说生死是他哲学思考的一个重要命题，可能一点也不过分，仅从《我们是七个》（“We are Seven”）一诗中即可得以证明。1793 年，他游览威尔士时遇到一个八岁的农村小姑娘，她本来一家七兄妹，其中有两个已经死去，按成年人的推理，应该算五个，但小姑娘不凭借数学逻辑而是依靠直觉和感情来判断事物，她却始终坚持认为她们是七个兄弟姐妹，一个也不少：

61 William Wordsworth, “Epitaphs Translated from Chiabrera”, IV, Lines 22-27, *The Collected Poetry of William Wordsworth*, Ware: Wordsworth Editions Limited, 1994, p.574.

62 华兹华斯《论墓志铭》（1810 年），苏文菁著《华兹华斯诗学》，北京：社会科学文献出版社，2000 年版，第 309 页。

"有两个进了天国，"我说，
　"那你们还剩几个？"
小姑娘回答得又快有利索：
　"先生！我们是七个。"

"可他们死啦，那两个死啦！
　他们的灵魂在天国！"
这些话说了也白搭，
小姑娘还是坚持回答：
　"不，我们是七个！"[63]

七个兄弟姐妹死了两个，但死去的两个同上帝在一起，他们的精神和灵魂是永恒的，故小姑娘坚持认为，她们是七个兄弟姐妹。表面上，诗人在这里讨论一个小姑娘对生死的看法。但实际上，诗人在借用小姑娘之口，巧妙阐释自己万物有灵、视死为生、灵魂不朽的生死观，具有浓郁的基督教哲学思辩色彩。

二、陶渊明和华兹华斯生死观的文学命题

生死是文学创作的一个永恒命题，在中国，早在《诗经》、《论语》等诗集、语录集中就有这方面的咏叹了。《诗经·国风·唐风·山有枢》："宛其死矣，他人是愉。"[64]《论语·为政》："生事之以礼，死葬之以礼，祭之以礼。"[65]在《诗经》、《论语》以后的文学作品中，这种咏叹更是比比皆是。如《乐府诗集·西门行》："人生不满百，常怀千岁忧。"[66]《乐府诗集·驱车上东门行》："人生忽如寄，寿无金石固。"[67]刘彻《秋风辞》："箫鼓鸣兮发棹歌，欢乐极兮哀情多，少壮几时兮奈老何？"[68]曹操《短歌行》：

对酒当歌，
人生几何！

63 华兹华斯《我们是七个》(1798年)，《华兹华斯诗歌精选》，杨德豫译，太原：北岳文艺出版社，2000年版，第15-16页。
64 阮元校刻《十三经注疏》上册，北京：中华书局，1980年版，第362页。
65 阮元校刻《十三经注疏》下册，北京：中华书局，1980年版，第2462页。
66 郭茂倩《乐府诗集》第二册，北京：中华书局，1979年版，第549页。
67 郭茂倩《乐府诗集》第三册，北京：中华书局，1979年版，第889页。
68 沈德潜选《古诗源》，北京：中华书局，1963年版，第40页。

譬如朝露，

去日苦多[69]。

《古诗十九首》其十四：

出郭门直视，

但见丘与坟。

古墓犁为田，

松柏摧为薪[70]。

从人类来看，人是坚强、伟大的，而从个体来看，人又是脆弱、渺小的，人面对死亡所表现出来的苍凉，由此可见一斑。陆机《短歌行》："人寿几何，逝如朝霜。"[71]《红楼梦》第二十七回："桃李明年能再发，明年闺中知有谁？"[72]

对陶渊明和华兹华斯而言，生死也是他们文学创作的一个重要命题。

陶渊明有感于生命有限、生而必死的严酷现实，其心灵之痛苦在作品中有很多流露，《九日闲居》："世短意恒多，斯人乐久生。"[73]《还旧居》："常恐大化尽，气力不及衰。"[74]《己酉岁九月九日》："从古皆有没，念之中心焦。"[75]《杂诗》第三首：

日月有环周，

我去不再阳。

眷眷往昔时，

忆此断人肠[76]。

除了对死亡痛苦情绪的描述外，他还在作品中对同生死相关的其它一些问题作了探讨，生死是他文学创作的一个重要命题。鲁迅在《魏晋风度及文章与药及酒之关系》中说他"也不能忘掉'死'，这是他诗文中时时提起的"[77]。

---

69 《曹操集》，北京：中华书局，1959 年版，第 5 页。

70 隋树森集释《古诗十九首集释》，北京：中华书局，2018 年版，第 41 页。

71 郝立权注《陆士衡诗注》，北京：人民文学出版社，1958 年版，第 21 页。

72 曹雪芹、高鹗著《红楼梦》(第一册)，北京：人民文学出版年社，1964 年版，第 324 页。

73 逯钦立校注《陶渊明集》，北京：中华书局，1979 年版，第 39 页。

74 逯钦立校注《陶渊明集》，北京：中华书局，1979 年版，第 80-81 页。

75 逯钦立校注《陶渊明集》，北京：中华书局，1979 年版，第 83 页。

76 逯钦立校注《陶渊明集》，北京：中华书局，1979 年版，第 116 页。

77 《鲁迅全集》第三卷，北京：人民文学出版社，1981 年版，第 516 页。

鲁迅已注意到生死是陶渊明文学创作的重要命题，但未就相关问题做进一步研究。

其实，陶渊明对生死问题的思索与讨论，在他的诗文作品中占据了较大的比例。许辉在《陶渊明与华兹华斯诗歌中的生死观之比较》中认为，“陶渊明直言生死之作多达 51 首，间接论及生死之作占半数以上”[78]，可作参考。兹据北京中华书局 1979 年版逯钦立校注《陶渊明集》初略统计，结果如次：在他的诗文作品中，直接或间接涉及到生死问题的有《行影神》组诗三首、《荣木》、《答庞参军》、《九日闲居》、《归园田居》第四第五首、《游斜川》、《示周续之祖企谢景夷三郎》、《乞食》、《诸人同游周家墓柏下》、《怨诗楚调示庞主簿邓治中》、《五月旦作和戴主簿》、《连夜独饮》、《和刘柴桑》、《和郭主簿》第二首、《岁暮和张常侍》、《和胡西曹示顾贼曹》、《悲从弟仲德》、《庚子岁五月中从都还阻风于归林》第二首、《还旧居》、《己酉岁九月九日》、《饮酒》第三首、《饮酒》第八首、《拟古》第四首、《杂诗》第二第三第四第七首、《咏荆轲》、《读山海经》第五首第八第九第十第十三首、《饮酒》第十一首、《咏二疏》、《咏三良》、《拟挽歌辞》第一首第二首第三首、《感士不遇赋》、《归去来兮辞》、《读史述》、《与子俨等疏》、《祭程氏妹文》、《祭从弟敬远文》和《自祭文》，共 49 篇，在总数 134 篇诗文中约占 37%。

在西方，早在其文学的两大源头希腊罗马文学、希伯来基督教文学中就开始对生死问题进行描述和讨论了。如，古希腊三大悲剧家之一的欧里庇得斯的代表作《美狄亚》（公元前 431 年）即是显例。这部剧取材于古希腊神话，其梗概是，科尔喀斯国的公主美狄亚爱上了前来科尔喀斯取金羊毛的伊阿宋，伊阿宋表示要终身爱她，带她来到希腊。几年后，伊阿宋变心，要另娶科任托斯国的公主刻劳格为妻，国王克瑞翁还要把美狄亚母子驱逐出境。美狄亚愤而报复，她把一件浸染毒药的新衣送给刻劳格，刻劳格着衣后即被烧死，克瑞翁也因拥抱女儿中毒而死。为了惩罚伊阿宋，美狄亚亲手杀死自己的两个孩子，然后乘龙车逃往雅典。按照普遍的说法，这部剧的主题是对妇女命运的关切和同情，是对妇女争取平等权利的反抗精神的讴歌。但是，这里面也涉及到了生死问题了，自然能够引发观众多生死问题的思考。又如，《旧约全书 · 传道书》：“往遭丧的家去，强如往宴乐的家去；因为死是众人

78 许辉《陶渊明与华兹华斯诗歌中的生死观之比较》，《保山学院学报》，2013 年第 1 期，第 55 页。

的结局，活人也必将这事放在心上。”[79]此外，耶酥基督（Jesus the Messiah）和犹大（Judas）也都提到或评论过生死之事。自此以降，生死成了西方文学创作的一个重要命题，如托马斯·哈代（Thomas Hardy，1840-1928）《照镜子》（“I Look into My Glass”）：

我对镜子凝视，
看见自己干皱的皮肤，
不禁叹息：“啊，上帝，
愿我的心也一样干枯！”

那时，我会心灰意冷，
不再感到沮丧，
独自等待永恒的休息，
坦然而又安详[80]。

与哈代同时代的戴维·赫伯特·劳伦斯（David Herbert Lawrence，1885-1930）留下了一首题为《死亡之船》（“The Ship of Death”）的诗歌，篇长 10 章，106 行[81]，篇幅不算很长，但是也不是很短，可见他对死亡的问题是作了深刻的思考的。他还在《艰难的死亡》一诗中写道：

死亡并非易事，哦，处决死亡
并不容易。
因为死亡随心所欲地降临，
不是根据我们的意念[82]。

除此之外，英国文学史上杰佛利·乔叟（Geoffrey Chaucer，约 1340-1400）的《坎特伯雷故事集》（*The Canterbury Tales*）、十五世纪民谣《道格拉斯的悲剧》（*The Douglas Tragedy*）、莎士比亚的《汉姆雷特》、弗兰西斯·培根（Francis Bacon，1561-1626）的《论死亡》（“Of Death”）、约翰·弥尔顿（John Milton，1608-1674）的《失乐园》（*Paradise Lost*）、约翰·班扬（John Bunyan，1628-1688）的《天路历程》（*The Pilgrim's Progress*）、托马斯·格雷（Thomas Gray，

79 《圣经》（新标准修订版、新标准和合版），中国基督教协会，第 1016 页。

80 哈代《照镜子》，蓝仁哲译，侯维瑞主编《英国文学通史》，上海：上海外语教育出版社，1999 年版，第 774 页。

81 *The Norton Anthology of English Literature*, Sixth Edition, Volume 2, New York and London: W. W. Norton & Company: 1986, pp.2128-2131.

82 《劳伦斯诗选》，吴宙选编翻译，桂林：漓江出版社，1998 年版，第 206 页。

1716-1771）的《墓园挽歌》（“Elegy Written in a Country Churchyard”）、丁尼生的《悼念哈拉姆》（*In Memoriam H. H.*）、乔治·萧伯纳（George Bernard Shaw，1856-1950）的《魔鬼的门徒》（*The Devil's Disciple*）、休·麦克迪尔米德（Hugh MacDiarmid, 1892-1978）的《悼念詹姆斯·乔埃斯》（*In Memoriam James Joyce*）、迪伦·托马斯（Dylan Thomas，1914-1953）的《我谈面包》（“The Bread I Speak”）等，亦都是这样的作品。对于华兹华斯来说，生死也是他创作的重要命题，如《露西组诗》（*The "Lucy" Poems*）之一《无题：三年里晴晴雨雨，她长大》（“Untitled: Three years she grew in sun and shower”）[83]：

造化说过了，便着手施行----
好快呵，露西走完了旅程！
　她死了，给我留下来
这一片荒原，这一片沉寂，
对往事欢情的这一片回忆----
　那欢情永远不再[84]。

露西死了，她回到了自然的怀抱，她的灵魂在宇宙中永存。但他还是对她的死依依不舍，字里行间流露出了淡淡的哀惋。在其它一些作品中，他不仅表达了相似的痛苦心情，而且还广泛讨论了与死亡相关的其它一些问题。许辉在《陶渊明与华兹华斯诗歌中的生死观之比较》中统计，“华兹华斯的110 首诗歌中，直接或间接涉及生死问题的就有 31 首”[85]，可备参考。有关生死问题的诗文作品在他全部作品中到底占了多大的比例，实在难于统计。今仅据太原北岳文艺出版社 2000 年版杨德豫译《华兹华斯诗歌精选》初略统计，结果如次：在他的精选诗歌中，直接或间接论及生死问题的有《无题：我一见彩虹高悬天上》（“Untitled: My heart leaps up when I behold”）、《露西·格瑞》（“Lucy Gray”）、《我们是七个》、《无题：我有过奇异的心血来潮》（“Untitled: Strange fits of passion I have known”）、《无题：她住在达夫河源

83 在华兹华斯有的诗歌选集中，这首诗并非无题，它的标题为“Lucy's Memory”，详见：*William Wordsworth: Selected Poems*, London: Penguin Books Ltd, 1996, p.90.“Lucy's Memory”可译为“《露西的回忆》”。

84 《华兹华斯诗歌精选》，杨德豫译，太原：北岳文艺出版社，2000 年版，第 92 页。

85 许辉《陶渊明与华兹华斯诗歌中的生死观之比较》，《保山学院学报》，2013 年第 1 期，第 55 页。

头近旁》（“Untitled: She dwelt among the untrodden ways”）、《无题：我曾在陌生人中间作客》（“Untitled: I travelled among unknown men”）、《最后一头羊》（“The Last of the Flock”）、《傻小子》（“The Idiot Boy”）、《迈克尔》（“Michael”）、《致云雀》（“To a Sky-lark”）、《有一个男孩》（“There was a Boy”）、《无题：记得我初次瞥见她倩影》（“Untitled: She was a phantom”）、《无题：三年里晴晴雨雨，她长大》、《无题：昔日，我没有人间的忧惧》（“Untitled: A slumber did my spirit seal”）[86]、《罗布 · 罗伊之墓》、《鹿跳泉》（“Hart-Leap Well”）、《无题：当欢乐涌来，我像风一般焦急》（“Untitled: Surprised by joy-impatient as the Wind”）、《致图森 · 路维杜尔》（“To Toussaint L'ouverture”）、《献给肯特的士兵》（“To the Men of Kent”）、《预卜》（“Anticipation”）、《霍弗尔》（“Hofer”）、《为滑铁卢之战而作》（“Occasioned by the Battle of Waterloo”）、《踏脚石》（“The Stepping-stones”）、《无题：阿尔法秀丽的教堂，在游客看来》（“Untitled: The Kirk of Ulpha to the pilgrim's eye”）、《追思》（“After-thought”）、《无题：这样的旅人最愉悦：低垂着双眼》、《西蒙 · 李》（“Simon Lee, the Old Huntman”）、《来吧，睡眠》、《乔治和萨拉 · 格林》（“George and Sarah Green”）、《哀歌》（“Elegiac Stanza”）和《永生的信息》（“Ode: Intimations of Immortality”），共 31 篇，在总数 110 篇诗歌[87]中约占 35%。

三、陶渊明和华兹华斯生死观的同质性

陶渊明和华兹华斯在文学创作和哲学思考中所呈现出的生死观具有一定的相似性，这些相似性主要表现在：出于爱惜生命的本能，他们都希望人的生命能得以永恒。出于生而必死的无奈，他们都倾向于顺应自然。出于生命意义的重视，他们都主张舍生取义。

（一）希望生命能得以永恒

人的寿命也是有限的，《增广贤文》：“是日一过，命亦随减。”[88]《玉壶

86 在华兹华斯有的诗歌选集中，这首诗并非无题，它的标题为“The Love for the Dead”，详见：*William Wordsworth: Selected Poems*, London: Penguin Books Ltd, 1996, p.91. “The Love for the Dead”可译为《对死者的爱》。

87 110 篇诗歌包括置于卷首的《序诗》和译自托马斯 · 沃顿用拉丁文创作的《来吧，睡眠》。

88 周希陶编订《增广贤文》，朱用纯等编撰，王晓蓓校注《格言铭训》，济南：齐鲁

清话·李先主传》徐知谔引谚："人生百岁，七十者稀。"[89]白居易《对酒》："人生一百岁，通计三万日。何况百岁人，人间百无一。贤愚共零落，贵贱同埋没。"[90]英语谚语论及人生短暂者有很多："人生短暂。"[91]"生命短暂，光阴飞逝。"[92]叶芝在《玫瑰·退休老人的哀伤》中借退休老人之口说："我啐唾在时光的脸上——/它已把我改变。"[93]查尔斯·奈特（Charles Wright）《读了杜甫以后，我到户外的小果园中》（"After Reading Tu Fu, I Go Outside to the Dwarf Orchard"）："五十四岁的我，有什么应有的展望？/明日一片昏暗。/后天更加昏暗。"[94]

人同飞禽、走兽、爬虫、游鱼等世间其它一切生物一样，都有爱惜生命、厌恶死亡的倾向，《礼记·礼运》："死亡贫苦，人之大恶存焉。"[95]《礼记·檀弓下》："人死，斯恶之矣。"[96]《吕氏春秋·仲秋纪·论威》："人情欲生而恶死，欲荣而恶辱。"[97]《司马迁传·报任安书》："夫人情莫不贪生恶死，念亲戚，顾妻子……"[98]庄子表面上对生死达观、超脱，但实际上，对死亡的恐惧乃是其哲学思考之中心："只有惧怕死的人才会去议论如何才能不惧怕死。"[99]古希腊诗人萨福（Sappho，约前 612-？）说，"死是恶事"[100]。欧内斯特·贝克尔（Ernest Becker）《反抗死亡》（*The Denial of Death*）："在所有动人心弦的事情中，对死的恐惧是首当其冲的。"[101]西格蒙德·弗洛伊德

书社，1998 年版，第 50 页。

89 杜文澜辑，周绍良校点《古谣谚》，北京：中华书局，1958 年版，第 703 页。

90 顾学颉校点《白居易集》第一册，北京：中华书局，1979 年版，第 191 页。

91 原文为："Life is but a span."详见：盛绍裘、李永芳编《英汉双解英语谚语辞典》，上海：知识出版社，1989 年版，第 283 页。

92 原文为："Life is short and time is swift."详见：盛绍裘、李永芳编《英汉双解英语谚语辞典》，上海：知识出版社，1989 年版，第 283 页。

93 《叶芝诗集》（上），傅浩译，石家庄：河北教育出版社，2003 年版，第 96 页。

94 钟玲著《美国诗与中国梦》，桂林：广西师范大学出版社，2003 年版，第 112 页。

95 阮元校刻《十三经注疏》下册，北京：中华书局，1980 年版，第 1422 页。

96 阮元校刻《十三经注疏》上册，北京：中华书局，1980 年版，第 1304 页。

97 《诸子集成》第六册，北京：中华书局，1954 年版，第 77 页。

98 班固撰《汉书》第九册，北京：中华书局，1962 年版，第 2733 页。

99 陶东风《从超迈到随俗——庄子与中国美学》，北京：首都师范大学出版社，1995 年版，第 11 页。

100 《"萨福"：一个欧美文学传统的生成》，田晓菲编译，北京：生活·读书·新知三联书店，2003 年版，第 214 页。

101 E·贝克尔《反抗死亡》，林和生译，贵阳：贵州人民出版社，1988 年版，第 25 页。

（Sigmund Freud，1856-1939）认为，人有生与死的本能冲动。让·雅克·卢梭（Jean Jacques Rousseau，1712-1778）认为，憎恶死亡是人的天性。由爱惜生命、厌恶死亡派生而出的是对死亡的焦虑与恐惧。在语言方面的体现就是大量关于死亡的委婉语的存在。在汉语中，有“逝世”、“辞世”、“过世”、“作古”、“已故”、“仙游”、“仙逝”、“长眠”、“安息”、“与世长辞”、“牺牲”、“献身”、“捐躯”、“殉国”、“殉职”、“尽职”、“就义”、“遇难”、“见马克思”、“过去了”、“去世了”、“走了”、“离开了”、“永别了”、“心脏停止了跳动”、“圆寂”、“坐化”、“示寂”、“示灭”、“升天”、“登仙”、“见背”、“寿终”、“驾崩”、“大薨”、“山陵崩”、“大行”和“登遐”，等等。在英语中，有“to bite the dust”、“to go from dust to dust”、“to go to grass”、“to join the majority”、“to depart”、“to depart with the world”、“to leave this world”、“to pay one’s debt to nature”、“to go to be with God”、“to be with God”、“to rest in peace”、“to meet one’s Maker”、“to go to the better world”、“to go to Heaven”、“to head for one’s last roundup”、“to cask in one’s chips”（或“cash it in”）、“to go over to the other side”、“to give up the ghost”、“to yield up the ghost”、“to go to one’s last reckoning”、“to go the way of all flesh”、“to go”、“to go hence”、“to go west”、“to go forth”、“to pass away”（或“to pass on”；“pass over”）和“to go to one’s glory”，等等。这些关于死亡的委婉语反映了人对死亡厌恶、焦虑甚至恐惧的心理。这种心理在文学作品中亦有很多反映。春秋时期秦国大夫子车氏之子子车奄息、子车仲行和子车缄虎才能如鼎足之献力，情志若霜雪之皎洁，是秦人眼中之三良。但当他们面临生死之紧要关头，也不免表现出了常人所有的对死亡的恐惧感：“临其穴，/惴惴其慄。”[102]据典籍载，昔孔子观江河流水，禁不住伤年华飞逝，喟然长叹：“逝者如斯夫，不舍昼夜。”[103]李白由宇宙浩瀚无限联想到人生须臾短暂，情不自禁，苍然高歌：“君不见黄河之水天上来，奔流到海不复回。君不见高堂明镜悲白发，朝如青丝暮成雪。”[104]陈

102《诗经·秦风·黄鸟》，阮元校刻《十三经注疏》上册，北京：中华书局，1980年版，第373页。

103《论语·子罕》，阮元校刻《十三经注疏》下册，北京：中华书局，1980年版，第2491页。

104李白《将进酒》，王琦注《李太白全集》上册，北京：中华书局，1977年版，第

子昂意识到天地无穷而人生有限，慷慨吟唱：“前不见古人，后不见来者。念天地之悠悠，独怆然而涕下。”[105]郭璞临川望水，触景生情，心中涌起无限伤感：“临川哀年迈，抚心独悲吒。”[106]珀西·比希·雪莱（Percy Bysshe Shelley，1792-1822）对死亡的感悟具有普遍性：“死亡到来的那一击，十分恐怖，／那时我们所知所觉和所见的一切／都要像虚幻的奇迹一样消失泯灭。”[107]据希腊历史学家希罗多德（Herodotus，约前 484-约前 425）之说，波斯国王薛西斯（Xerxes）“眼看著自己的百万雄师，想到百年之后竟没有一个人能幸免黄土一抔的厄运，感慨之余，不禁泫然欲泣”[108]。罗宾德拉纳特·泰戈尔（Rabindranath Tagore，1861-1941）说：“当死亡出现的时候，财富就褪色、枯萎，化为尘土了。”[109]伊万·安德列耶维奇·克雷洛夫（Ivan Andreyevich Krilof，1769-1844）说：“虽然人生充满了苦恼，可是死亡却更加苦恼。”[110]叶芝在《旋梯及其他·死》中又说：

垂死的野兽不知
恐惧或希望；
临终的人却满怀
希翼和恐慌；
多少次他死去，
多少次他又复活[111]。

菲力普·弗瑞诺（Philip Freneau，1752-1832）在《野金银花》（“The Wild Honey Suckle”）中感叹道：

朝霞暮露，
孕育了你娇小的身躯。

---

179 页。

105 陈子昂《登幽州台歌》，林庚、冯沅君主编《中国历代诗歌选》上编（二），北京：人民文学出版社，1964 年版，第 302 页。

106 郭璞《游仙诗》，沈德潜选《古诗源》，北京：中华书局，1963 年版，第 180 页。

107 雪莱《死亡》（1815 年），《雪莱抒情诗全译》，江枫译，长沙：湖南文艺出版社，1996 年版，第 29 页。

108 叔本华著《叔本华论文集》，陈晓南译，天津：百花文艺出版社，1987 年版，第 15 页。

109 转引自：《故事会》，2001 年第 11 期，第 90 页。

110 转引自：《故事会》，2001 年第 5 期，第 42 页。

111 《叶芝诗集》（下），傅浩译，石家庄：河北教育出版社，2003 年版，第 562 页。

你从尘土来，又归尘土去，

来时一无所有，去时化作尘土，

　　可叹生命苦短，

　　你终究红消香断[112]。

艾布·阿塔希叶在《为死亡而生殖》中对死亡表现出了痛心疾首之情绪：

死亡，你把希望连根斩断；

死亡，你教会人们哭声震天。

死亡，你使我们肝肠寸断；

死亡，你让我们知道何为灾难[113]。

爱惜生命、厌恶死亡必然导引出对生命长久与永恒的渴望与追求。《尚书·周书·洪范》将寿列为五福之首："五福：一曰寿，二曰富，三曰康宁，四曰攸好德，五曰考终命。"[114]古埃及法老（Pharaohs）不惜长年累月动用大量的人力物力，修建陵墓金字塔（pyramids，兴建于约前 2649-约前 1640）[115]，塔内之设金碧辉煌，竭尽豪华之能事，尸体制成木乃伊（mummies），得到了极好之保存。法老这样做的目的十分明确：希望自己死后灵魂能得以再生。从语言本身来看，汉语和英语中都产生了不少反映这种心理的词汇和表达法。如：汉语中的"仙逝"、"仙游"、"登仙"、"升天"和"登遐"，英语中的"to go to the better world"、"to go to one's glory"、"to go to Heaven"和"to meet one's Maker"，都是极好的例证。靳凤林在《死亡与儒家文化》一文中说："死亡无疑是一切生命的最终归宿，生物出于本能无不极力趋避这一无可改变的命运。"[116]顾晓辉在《上帝与诗人——试论美国女诗人艾米莉·狄金森的宗教观》一文中说："追求永恒是人类最根深蒂固的本能之一。"[117]

112 刘守兰编著《英美名诗解读》，上海：上海外语教育出版社，2003 年版，第 26 页。

113 《阿拉伯古代诗选》，仲跻昆译，北京：人民文学出版社，2001 年版，第 227 页。

114 阮元校刻《十三经注疏》上册，北京：中华书局，1980 年版，第 193 页。

115 兴建金字塔所耗费的人力、物力和时间是触目惊心的。据希罗多德记载的埃及传说，齐阿普斯在修建大金字塔期间，分批征调了全埃及的人力，仅铺设运送石材的道路就动用了十万人，历时十年。金字塔本身的修建又动用了十万人，历时三十年。详见：周一良、吴于廑主编《世界通史》（上古部分），北京：人民出版社，1962 年版，第 47 页。

116 靳凤林《死亡与儒家文化》，《河北大学学报》（社会科学版），1991 年第 2 期，第 15 页。

117 顾晓辉《上帝与诗人——试论美国女诗人艾米莉·狄金森的宗教观》，《国外文学》，

陶渊明生活在战乱纷纷、改朝易代频繁的时代，人的生命安全得不到保障。如：晋安帝隆安元年（公元 397 年），衮青二州刺史、皇舅王恭联合荆州刺史殷仲堪起兵，反对皇族、宰辅司马道子。次年，殷仲堪和雍州刺史杨佺期等盟于浔阳，推广州刺史桓玄为盟主。不久，王恭败死，桓玄袭杀殷仲堪、杨佺期两人。义熙八年（公元 412 年），刘裕害衮州刺使刘藩、尚书左仆射谢混，讨灭曾与他长期共患难的荆州刺使刘毅及南蛮校蔚郗僧施。义熙九年（公元 413 年）三月，刘裕杀长民及其弟辅国将军黎民、大司马参军幼民、从弟宁朔将军秀之。隆安四年（公元 400 年）五月，孙恩领导的农民起义军击杀卫将军谢琰，次年五月，又杀吴国内史袁山松。在黑暗的社会中，象皇舅、刺使、尚书左仆射、校蔚、辅国将军、大司马参军和内史这样的显要人物尚且命运悬浮、生命不保，普通士人的前途与命运则可想而知了。据陈寿《三国志 · 魏书 · 王淩》载，嘉平元年高平陵之变，“势倾四海，声震天下，同日斩戮，名士减半”[118]。与此相似的是，华兹华斯生活在时局风云变换、政权飞速更迭的年代，人没有生命安全感。如，1792 年 8 月 10 日，巴黎发动第二次武装起义。以埃贝尔（Hébert）为首的巴黎无套裤汉及一些工人开始攻打屠勒里王宫，击毙国王卫兵 400 名。国王路易十六（Louis XVI，1754-1793）下令卫兵放下武器，起义者随后占领王宫，杀死卫兵和王宫管理人员约 800 名，并大肆逮捕同情国王的人，王宫前巨大的骑术广场“尸骨成山，刚死的压着 / 将死的”[119]，人们就在这里将它们纵火焚毁。九天后，奥地利和普鲁士出兵入侵法国，让 · 保罗 · 马拉（Jean Paul Marat，1743-1793）、乔治 · 雅克 · 丹东（Georges Jacques Danton，1759-1794）、马克西米利安 · 弗郎索瓦 · 玛丽 · 伊西多尔 · 德 · 罗伯斯庇尔（Maximilien François Marie Isidore de Robespierre，1758-1794）等人作出强烈反应。1792 年 9 月初，“九月大屠杀”（the September Massacre）事件爆发。据乔治 · 杜比（Georges Duby）《法国史》（*Histoire de la France: des oringes à nos jours*）载，“9 月 2 日到 5 日，一群人涌入巴黎各监狱中，决心自己进行审判：教士、贵族、甚至一些普通的囚犯都成为这次‘极端派’革命插曲中的牺牲品”[120]。在几天之内，他们

2001 年第 1 期，第 45 页。

118 陈寿撰《三国志》第三册，北京：中华书局，1959 年版，第 759 页。

119 第十卷《寄居法国——续》第 56-57 行，威廉 · 华兹华斯著《序曲》，丁宏为译，北京：中国对外翻译出版公司，1999 年版，第 262 页。

120 乔治 · 杜比主编《法国史》中卷，吕一民、沈坚、黄艳红、沈衡、顾杭、杨庭芳、

处死了王党分子3000名。在这些被处死的人当中，很多实际上只是一般的囚犯。9月20日，法军在瓦尔米（Valmy）一带的战场大败奥地利和普鲁士联军，迫使侵略者无功而返。1793年1月21日，在吉伦特派（Girondins）的统治下，法国把路易十六送上了断头台。雅各宾派（Jacobins）专政后，温和的吉伦特派人纷纷下狱，不少人被送上了断头台，卡拉（Carra）、戈尔萨（Gorsas）都是国会议员，是华兹华斯所同情的吉伦特派人，但也被罗伯斯庇尔处死。1794年6月10日，国民公会通过牧月法令，“在法令实行前的8个月里，巴黎平均每周处死的人数为32名，自法令颁布之日起到热月政变，平均每周死刑人数竟骤然增至196人”[121]。1794年7月27日，右派残余分子勾结反罗伯斯庇尔的势力发动“热月政变”（这一天为共和历热月9日，le 9 Thermidor），逮捕了罗伯斯庇尔。翌日，处死了罗伯斯庇尔。在陶渊明和华兹华斯生活的时代，上自达官贵人、下至黎民百姓，所有人的生命都受到了巨大威胁。越是生命面临灾难的人，对永恒的追求也就越强烈。顾晓辉说：“人世的灾难很容易使人们把希望寄托在超世、超时间的形式当中，在上帝与不朽中去追求永恒。”[122]托尔斯泰说：“生命的意义，只是助长人生的爱。”[123]

非常的时代促成了陶渊明和华兹华斯对生活的执着和热爱，激发了他们对生命长久和永恒之兴趣。陶渊明《形影神》：“贵贱贤愚，莫不营营以惜生……”[124]《杂诗》第四首：“丈夫志四海，我愿不知老。”[125]《读山海经》第五首：“在世无所须，唯酒与长年。”[126]这是从人生有限的角度正面肯定自我的存在，明显表露了对长寿的期盼。但他又清楚地知道，他所希冀的长寿和永恒是可望而不可即的，《饮酒》第三首：“一生复能几，倏如流电惊。”[127]《读山海经》第八首：“自古皆有没，何人得灵长？”[128]《饮酒》第十五

田军译，北京：商务印书馆，2018年版，第821页。

121 张芝联主编《法国通史》，北京：北京大学出版社，2009年版，第220页。

122 顾晓辉《上帝与诗人——试论美国女诗人艾米莉·狄金森的宗教观》，《国外文学》，2001年第1期，第45页。

123 和鑫编《贤言启语》，北京：中国妇女出版社，1991年版，第30页。

124 逯钦立校注《陶渊明集》，北京：中华书局，1979年版，第35页。

125 逯钦立校注《陶渊明集》，北京：中华书局，1979年版，第116页。

126 逯钦立校注《陶渊明集》，北京：中华书局，1979年版，第135页。

127 逯钦立校注《陶渊明集》，北京：中华书局，1979年版，第88页。

128 逯钦立校注《陶渊明集》，北京：中华书局，1979年版，第137页。

首："宇宙一何悠，人生少至百。"[129]《连雨独饮》："运生会归尽，终古谓之然。"[130]《与子俨等疏》："天地赋命，生必有死，自古圣贤，谁独能免。"[131]《杂诗》第七首：

家为逆旅舍，
我如当去客。
去去欲何之，
南山有旧宅[132]。

他在认识到生命之长久和永恒不可能之后，心中感到非常困惑和痛苦，《游斜川并序》："悲日月之遂往，悼吾年之不留。"[133]《杂诗》第三首：

日月有环周，
我去不再阳。
眷眷往昔时，
忆此断人肠[134]。

《形影神》组诗更能说明问题。该组诗包括《形赠影》、《影答形》和《神释》，凡三首。他以形、影、神为题赋诗，恐自有其来历与深意，司马迁《史记·太史公自叙》："凡人所生者神也，所托者形也。神大用则竭，形大劳则敝，形神离则死。"[135]陶渊明《形赠影》：

天地长不没，
山川无改时。
草木得常理，
霜露荣悴之。
谓人最灵智，
独复不如兹！
适见在世中，
奄去靡归期。

129 逯钦立校注《陶渊明集》，北京：中华书局，1979年版，第96页。
130 逯钦立校注《陶渊明集》，北京：中华书局，1979年版，第55页。
131 逯钦立校注《陶渊明集》，北京：中华书局，1979年版，第187页。
132 逯钦立校注《陶渊明集》，北京：中华书局，1979年版，第119页。
133 逯钦立校注《陶渊明集》，北京：中华书局，1979年版，第44页。
134 逯钦立校注《陶渊明集》，北京：中华书局，1979年版，第116页。
135 司马迁撰《史记》第十册，北京：中华书局，1959年版，第3292页。

奚觉无一人，
亲识岂相思？
但馀平生物，
举目情凄洏。
我无腾化术，
必尔不复疑[136]。

天地永久存在，山川没有更改，草木枯而复荣，人的生命却有限，刚刚看见一个人还活在世上，转眼逝去，再无归来之可能。亲友逝世后，仅留下生前物品，“其物如故，其人不存”[137]，睹物思人，泪流满面。同世为人，百年皆逝。推人及己，深知自己最终亦难逃死灭之命运，忧人忧己，心存苦痛。《影答形》：

诚愿游昆华，
邈然兹道绝。
与子相遇来，
未尝异悲悦。
憩荫若暂乖，
止日终不别。
此同既难常，
黯尔俱时灭。
身没名亦尽，
念之五情热[138]。

他曾想入山寻仙访道，以求生命长生不老，然而通往仙家的道路过于渺茫，长生之道堵死了。想到身体一旦消亡名声亦将不复存在，于是五情猛烈燃烧，心潮起伏，不能自已。《神释》：

三皇大圣人，
今复在何处？
彭祖爱永年，

136 逯钦立校注《陶渊明集》，北京：中华书局，1979年版，第35-36页。
137 曹丕《短歌行》，逯钦立辑校《先秦汉魏晋南北朝诗》（上），北京：中华书局，1983年版，第389页。
138 逯钦立校注《陶渊明集》，北京：中华书局，1979年版，第36页。

欲留不得住。

老少同一死，

贤愚无复数[139]。

伏羲、神农、燧人是上古传说中至高无上的、有“三皇”之称的圣人，彭祖是上古传说中的高寿之人，但他们都已死去而不复存在，这不得不发人深省，让人意识到，男女老少、圣贤愚鲁都难免一死，无可抗拒。在中国古代历史上，魏晋是审美思维和文化观念充分开放的时代，是“人的觉醒”[140]的时代。陶渊明在《神释》中的阐述流露了他对生命的自觉意识。

华兹华斯在《罗布·罗伊之墓》中借罗布·罗伊之口说，“人生短促，岁月无情”[141]。他在《追思》中说，“年轻时叱咤风云，心高气傲，／到头来却难逃一死”[142]。他在《序曲》第十四卷中又说，“啊！有益的生命，所剩不长，／短短几年后，一切都将完结，／你将走完人生的路程”[143]。这些论述体现出了他对死亡的焦虑。1793 年 6 月，雅各宾派掌握了统治法国的实权，随即大量血腥屠杀吉仑特派人，华兹华斯在法国结识的许多好友遭到无情杀戮。在这之前，华兹华斯已返回英国，《序曲》第十卷：

……如今我以感激之情

承认，是上天仁慈的安排——若不

回去（尽管我无论如何都是

无足轻重，在那艘与险风恶浪

搏斗的船上，不过是一名普通的

乘客），毫无疑问我会追随

某些现已消逝的人们，或许

也已消逝，在错误与困惑中草草

奉献了生命——带着所有未了的

139 逯钦立校注《陶渊明集》，北京：中华书局，1979 年版，第 37 页。

140 李泽厚《美的历程》，北京：中国社会科学出版社，1984 年版，第 118 页。

141 《华兹华斯诗歌精选》，杨德豫译，太原：北岳文艺出版社，2000 年版，第 168 页。

142 《华兹华斯诗歌精选》，杨德豫译，太原：北岳文艺出版社，2000 年版，第 210 页。

143 第十四卷《结尾》第 432-434 行，威廉·华兹华斯著《序曲》，丁宏为译，北京：中国对外翻译出版公司，1999 年版，第 361 页。

心愿、所有憧憬，回到大地
母亲的怀抱，不过一个自命的
诗人，于他人毫无用处，甚至，
亲爱的朋友！还来不及结识你的
面容[144]！

若不是提前回国，他很可能同其好友一样，亦已遭到屠戮。他为自己躲过一劫感到庆幸，对命运的安排充满感激。这说明，他很珍惜自己的生命，希望自己的生命能尽可能长久。在《乔治和萨拉·格林》（“George and Sarah Green”）中，他对乔治·格林和妻子萨拉表示了沉痛的哀悼：

谁为陌生人哭泣？不少人
　为乔治和萨拉哭泣，
哀悼这一对不幸的夫妻——
　他们就葬在此地[145]。

在《露西·格瑞》（“Lucy Gray”）中，他对露西·格瑞这一年轻生命的毁灭表示了深切的怀念和绵绵的忧伤。他女儿凯瑟琳的去世给他造成了极大的痛苦，他在《无题：当欢乐涌来，我像风一般焦急》中写道：

这悔恨自责的心思萦回不已，
　成了我最深的痛苦，最大的悲哀，
仅次于那一回——当我绝望地僵立，
　知道我最爱的珍宝已不复存在，
知道而今而后的悠悠岁月里，
　那天使一般的面影再不会回来[146]。

弟弟约翰海上遇难也给他很大打击，“35 岁的华兹华斯仿佛一夜之间变成了老头”[147]。约翰遇难后，他“承受着独有的悲哀，/强烈、持久”[148]。

144 第十卷《寄居法国——续》第 223-236 行，威廉·华兹华斯著《序曲》，丁宏为译，北京：中国对外翻译出版公司，1999 年版，第 268-269 页。
145 华兹华斯《乔治和萨拉·格林》(1808 年 4 月)，《华兹华斯诗歌精选》，杨德豫译，太原：北岳文艺出版社，2000 年版，第 234 页。
146 《华兹华斯诗歌精选》，杨德豫译，太原：北岳文艺出版社，2000 年版，第 136 页。
147 陈才忆著《湖畔对歌：柯尔律治与华兹华斯交往中的诗歌研究》，成都：四川大学出版社，2007 年版，第 17 页。
148 第十四卷《结尾》第 421-422 行，威廉·华兹华斯著《序曲》，丁宏为译，北京：中国对外翻译出版公司，1999 年版，第 360 页。

约翰遇难不久，他看到友人乔治·博蒙特（George Beaumont）所画的《皮尔古堡图》（“Peele Castle”），图中风雨大作的情形使他触景生情，勾起对死难弟弟的哀悼。他在《哀歌》一诗中记载了他这种痛苦的心情：

如今我再也见不到含笑的碧海，
　再也无法回到当时的心境；
我这伤悼的情怀会常新永在；——
　这番话，我说的时候神智清明。

博蒙特，好友呵！我所悼念的死者
　要是还活着，你也会乐与交往；
对于你的画，我赞许，决不指责；
　这阴沉的海岸，这喧嚣暴跳的海洋[149]！

上引诸诗中所表露出来的对死亡之哀悼、痛苦、惋惜等情绪，是他希望生命长久和永恒的曲折体现。他对生命长久和永恒的希望在《追思》一诗中有较好的反映：

年轻时叱咤风云，心高气傲，
到头来却难逃一死；——这又何妨！
　我们只求：自己的劳绩，有一些
　能留存，起作用，效力于未来岁月；
只求：当我们走向幽寂的泉壤，
　凭着爱、希望、信仰的价值而察觉
我们比自己料想的更为高尚[150]。

生命是有限的，但人可以通过劳绩，通过爱、希望、信仰的价值使自己高尚，从而使自己永恒不朽。

乌纳穆诺《生命的悲剧意识》：“从悲惨的深渊中可以跃现出新的生命，并且也只有饮尽精神的悲愁，我们才能够啜饮生命杯底的甜蜜。”[151]在陶渊明和华兹华斯焦虑、悲切甚至略显颓废、悲观的死亡感慨之中，掩藏着他们

149《华兹华斯诗歌精选》，杨德豫译，太原：北岳文艺出版社，2000年版，第241页。

150《华兹华斯诗歌精选》，杨德豫译，太原：北岳文艺出版社，2000年版，第210页。

151 乌纳穆诺《生命的悲剧意识》，上海：上海文学杂志社，1987年版，第53页。

对生命、人生的留恋和对永恒、不朽的追求。但同样是对生命长久与永恒的渴望与追求，陶渊明和华兹华斯的归属是不一样的。儒家文化中是只有此岸而无彼岸的，基督教文化中则既有此岸亦有彼岸。因此，同样是对生命长久和永恒的渴望与追求，陶渊明苦苦追求而无处可求，华兹华斯则轻而易举地在上帝那里找到了归属。由生命长久与永恒而不能所带来的心理冲突，在陶渊明身上亦远比在华兹华斯身上强烈。

（二）倾向于顺应自然

陶渊明和华兹华斯在明白了生而必死的道理之后，迫于无奈，对生死之事只有采取顺其自然的态度了。陶渊明《归去来兮辞》：“聊乘化以归尽，乐夫天命复奚疑。”[152]《形影神》组诗更能说明问题。《形赠影》：“愿君取吾言，得酒莫苟辞。”[153]死灭之命难逃，忧心苦痛无补，不若听之任之，寻求美酒之欢。《影答形》：

立善有遗爱，
胡可不自竭。
酒云能消忧，
方此讵不劣[154]。

长生之路不通，死亡之命必然，身体一旦消灭，名声亦随之消亡，于是只好随其自然，复归于杯中之物，以求精神之通脱。《神释》：

甚念伤吾生，
正宜委运去。
纵浪大化中，
不喜亦不惧，
应尽便须尽，
无复独多虑[155]。

死既不可逃，顺其自然，任凭命运之安排。陶渊明生死顺应自然的态度在《拟挽歌辞》组诗中亦可得到印证。该组诗具有作者自祭色彩，凡三首。第一首写乍死而殓，第二首写奠而出殡，第三首送而葬之，均表露了他求实豁

152 逯钦立校注《陶渊明集》，北京：中华书局，1979 年版，第 162 页。
153 逯钦立校注《陶渊明集》，北京：中华书局，1979 年版，第 36 页。
154 逯钦立校注《陶渊明集》，北京：中华书局，1979 年版，第 36 页。
155 逯钦立校注《陶渊明集》，北京：中华书局，1979 年版，第 37 页。

达的生命意识。《拟挽歌辞》第一首："有生必有死，早终非命促。"[156]《拟挽歌辞》第二首："在昔无酒饮，今但湛空觞。"[157]《拟挽歌辞》第三首："死去何所道，托体同山阿。"[158]生存与死亡、有酒与无酒、长寿与短命，所有这一切均无关紧要了。死亡就是托身荒野，回归自然，这一切皆自然而然。颜延之在《陶征士诔》中描述他逝世前的状况是："视死如归，临凶若吉。药剂弗尝，祷祀非恤。傃幽告终，怀和长毕。"[159]这同他的自叙并不矛盾，是他求实豁达生命意识的另一真实写照。

华兹华斯在《无题：昔日，我没有人间的忧惧》（"Untitled: A Slumber Did My Spirit Seal"）一诗中，没有直接表示自己对露西之死的感情：

昔日，我没有人间的忧惧，
　恬睡锁住了心魂；
她有如灵物，漠然无感于
　尘世岁月的侵寻。

如今的她呢，不动，无力，
　什么也不看不听；
天天和岩石、树木一起，
　随地球旋转运行[160]。

他在这里冷静地列举了露西伴随石木长眠于地下的死亡预兆，它和诗序中传统的乐观情绪一道，表现出了严格的朴素和克制。在他看来，露西只是自然界的一部分，生前不为人注意，死后无人忧虑。她的死如同回归自然，自然而然。在《傻小子》中，他"整篇诗到了末节就在读者面前显得仿佛是劝人顺从'天命'"[161]。这些作品都反映了他生死顺应自然的思想倾向。

关于陶渊明和华兹华斯之生死顺应自然，有两点可以肯定：

---

156 逯钦立校注《陶渊明集》，北京：中华书局，1979 年版，第 141 页。
157 逯钦立校注《陶渊明集》，北京：中华书局，1979 年版，第 141 页。
158 逯钦立校注《陶渊明集》，北京：中华书局，1979 年版，第 142 页。
159 萧统编，李善、吕延济、刘良、张铣、吕向、李周翰注《六臣注文选》下册，北京：中华书局，1987 年版，第 1062 页。
160 《华兹华斯诗歌精选》，杨德豫译，太原：北岳文艺出版社，2000 年版，第 93 页。
161 苏联科学院高尔基世界文学研究所编《英国文学史》，缪灵珠、秦水、蔡文显、廖世健、陈珍广译，北京：人民文学出版社，1984 年版，第 99 页。

第一，生死倾向于顺应自然的前提相同

人类在面对难于改变或无法改变的命运之时，可以采取愤恨不平、痛心疾首、慷慨悲歌、奋力抗争、超脱现实和顺应自然等多种态度。愤恨不平者如贾谊，《吊屈原赋》："阘茸尊显兮，谄谀得志；圣贤逆曳兮，方正倒植。"[162]痛心疾首者如项羽，《垓下歌》："力拔山兮气盖世，时不利兮骓不逝。骓不逝兮可奈何，虞兮虞兮奈若何！"[163]慷慨悲歌者如陈子昂，《登幽州台歌》："前不见古人，后不见来者。念天地之悠悠，独怆然而泣下。"[164]奋力抗争者如屈原，《离骚》："吾令羲和弭节兮，望崦嵫而勿迫。路曼曼其修远兮，吾将上下而求索。"[165]超脱现实者如李商隐，《无题》："晓镜但愁云鬓改，夜吟应觉月光寒。蓬山此去无多路，青鸟殷勤为探看。"[166]顺应自然者如司马迁，《悲士不遇赋》："逆顺环周，乍没乍起。无造福先，无触祸始。委之自然，终归一矣。"[167]同其他绝大多数人一样，在面对人生而必死的这一无可改变的命运之时，陶渊明和华兹华斯所采取的态度除了焦虑不安之外，只有顺应自然了，顺应自然是他们无可奈何的选择。

第二，生死顺应自然中所蕴涵的文化实质不一样

陶渊明之生死顺应自然是将个体的人湮没于自然生命之中，它既同道家文化相关，也与儒家文化相联，但主要还是同道家文化相关联。

其一，同道家文化的关联。道家文化是主张一切顺应自然的，《老子·二十五章》："人法地，地法天，天法道，道法自然。"[168]陈鼓应认为，《老子》中之自然即"自己如此"[169]。胡适之看法与此一致，《中国哲学史大

162 废振刚、胡双宝、宗明华辑校《全汉赋》，北京：北京大学出版社，1993 年版，第 8 页。

163 司马迁撰《史记》第一册，北京：中华书局，1959 年版，第 333 页。

164 林庚、冯沅君主编《中国历代诗歌选》上编（二），北京：人民文学出版社，1964 年版，第 302 页。

165 洪兴祖撰，白化文、许德楠、李如鸾、方进点校《楚辞补注》，北京；中华书局，1983 年版，第 27 页。

166 蘅塘退士编，陈婉俊补注《唐诗三百首》第六卷，北京：中华书局，1959 年版，第 25 页。

167 废振刚、胡双宝、宗明华辑校《全汉赋》，北京：北京大学出版社，1993 年版，第 142 页。

168 《诸子集成》第三册，北京：中华书局，1954 年版，第 14 页。

169 陈鼓应《老子注译及评价》，北京：中华书局，1999 年版，第 131 页。

纲》："自是自己，然是如此，'自然'只是自己如此。"[170]《庄子·人间世》："知其不可奈何而安之若命，德之至也。"[171]《庄子·养生主》："适来，夫子时也；适去，夫子顺也。安时而处顺，哀乐不能入也，古者谓是帝之县解。"[172]关于生死问题，庄子认为它是一种自然现象，人无力对它加以改变，人在它面前要顺应自然，不要为之动情，《庄子·天地》："不乐寿，不哀夭。"[173]《庄子·德充符》："吾所谓无情者，言人之不以好恶内伤其身，常因自然而不益生也。"[174]《庄子》中之自然同《老子》中之自然含义是一致的，刘复观《中国艺术精神》：

> 《老》、《庄》两书之所谓"自然"，乃竭力形容道创造万物之为而不有不宰的情形，等于是"无为"。因而万物便等于是"自己如此"之自造。故"自然"即"自己如此"之意[175]。

生死是自然之事，《庄子·大宗师》："死生，命也，其有夜旦之常，天也。"[176]只有顺应自然而不动情，才能摆脱世俗的羁绊，超越有限的个体生命，达到至人无己的境界，使自我的精神同化于大道，与天地万物宇宙融为一体。《庄子·天地》："无为为之之谓天。""万物一府，死生同状。"[177]《庄子·知北游》："生也死之徒，也生之始，孰知其纪。"[178]《庄子·刻意》："循天之理，故无天灾，无物累，无人非，无鬼责，其生若浮，其死若休。"[179]《庄子·大宗师》："不知所以生，不知所以死。"[180]庄子之梦蝶乃其消泯生死藩篱之心声，庄子之妻死而鼓盆放歌乃其超脱生死之实践。在生

170 胡适《中国哲学史大纲》，北京：东方出版社，1996 年版，第 46 页。

171 《诸子集成》第三册，北京：中华书局，1954 年版，第 25 页。

172 《诸子集成》第三册，北京：中华书局，1954 年版，第 20 页。

173 《诸子集成》第三册，北京：中华书局，1954 年版，第 70 页。

174 《诸子集成》第三册，北京：中华书局，1954 年版，第 36 页。

175 刘复观著《中国艺术精神》，上海：华东师范大学出版社，2001 年版，第 148 页，第四章附注（1）。

176 《诸子集成》第三册，北京：中华书局，1954 年版，第 39 页。

177 《诸子集成》第三册，北京：中华书局，1954 年版，第 70 页。

178 《诸子集成》第三册，北京：中华书局，1954 年版，第 138 页。从《庄子·至乐》的字面意思来看，死亡甚至是件比生存更美好、更快乐的事情："死无君于上，无臣于下，亦无四时之事，从然以天地为春秋，虽南面王，乐不能过也。"详见：《诸子集成》第三册，北京：中华书局，1954 年版，第 111 页。

179 《诸子集成》第三册，北京：中华书局，1954 年版，第 96 页。

180 《诸子集成》第三册，北京：中华书局，1954 年版，第 45 页。

死顺应自然方面，陶渊明明显受到道家文化的影响，《形影神 · 序》：“富贵贤愚，莫不营营以惜生，斯甚惑焉。故极陈形影之苦，言神辨自然以释之。”[181]逯钦立注：“自然，当时老庄玄学的自然观。”[182]

其二，同儒家文化的关联。笼统言之，儒家与道家的主张是不一样的，《史记 · 老子韩非列传》：“世之学老子者则绌儒学，儒学亦绌老子。”[183]但是，儒家与道家之间的确还存在着一些相似乃至相同的要素。如，儒家文化也主张一切顺应自然，《论语 · 季氏》：“孔子曰：‘君子有三畏：畏天命，畏大人，畏圣人之言。’”[184]朱熹注：“天命者，天所赋之正理也。”[185]何晏集解：“顺吉逆凶，天之命也。”[186]《庄子 · 德充符》：

> 仲尼曰：“死生存亡、穷达贫富、贤与不肖、毁誉饥渴寒暑，是事之变，命之行也。日夜相代乎前，而知不能规乎其始者也，故不足以滑和，不可入于灵符，使之和豫通而不失于兑，使日夜无郤，而与物为春，是接而生时于心者也。是之谓才全。”[187]

《周易 · 系辞上》：“乐天知命，故不忧。”[188]王弼注：“顺天之化，故曰乐也。”[189]《孔子家语 · 六本》载荣声期答孔子曰：“贫者，士之常。死者，人之终。处常得终，当何忧哉！”[190]关于生死问题，儒家主张顺其自然，《论语 · 颜渊》：“死生有命，富贵在天。”朱熹注：“命禀于有生之初，非今所能移；天莫之为而为，非我所能必，但当顺受而已。”[191]儒家文化主张生死由命、天人合一，人同天、人同自然的关系较为贴切。在生死顺应自然方面，陶渊明也明显受到儒家文化的影响，《与子俨等疏》：“子夏有言：‘死生有命，富贵在天。’四友之人，亲受音旨，发斯谈者，将非穷达不可妄求，寿夭永无外请故耶？”[192]

---

181 逯钦立校注《陶渊明集》，北京：中华书局，1979 年版，第 35 页。
182 逯钦立校注《陶渊明集》，北京：中华书局，1979 年版，第 37 页。
183 司马迁撰《史记》第七册，北京：中华书局，1959 年版，第 2143 页。
184 阮元校刻《十三经注疏》下册，北京：中华书局，1980 年版，第 2522 页。
185 朱熹撰《四书章句集注》，北京：中华书局，1983 年版，第 172 页。
186 《汉魏古注十三经》下册，北京：中华书局，1998 年版，第 73 页。
187 《诸子集成》第三册，北京：中华书局，1954 年版，第 35 页。
188 阮元校刻《十三经注疏》上册，北京：中华书局，1980 年版，第 77 页。
189 阮元校刻《十三经注疏》上册，北京：中华书局，1980 年版，第 77 页。
190 王肃注《孔子家语》，上海：上海古籍出版社，1990 年版，第 43 页。
191 朱熹撰《四书章句集注》，北京：中华书局，1983 年版，第 134 页。
192 逯钦立校注《陶渊明集》，北京：中华书局，1979 年版，第 162 页。

华兹华斯对生死之顺应自然则是同基督教文化紧密相联的。根据基督教（Christianity），人是由上帝创造的，人的生命是由上帝赋予的，《圣经·旧约全书·创世记》（“Genesis”，*The Books of the Old Testament, The Holy Bible*）：“耶和华上帝用地上的尘土造人，将生气吹在他鼻孔里，他就成了有灵的活人，名叫亚当。”[193]“耶和华上帝使他沉睡，他就睡了；于是取下他的一条肋骨，又把肉合起来。耶和华上帝就用那人身上所取的肋骨造成一个女人，领她到那人跟前。”[194]圣·奥古斯丁（Saint Augustine，354-430）认为，天主负担了人的死亡。在基督教中，人对死亡是无能为力的，人除了顺应上帝的安排外，别无选择。蒙田认为，人对死亡应顺任自然、知命不避。华尔特·萨维其·兰陀（Walter Savage Landor，1775-1864）在《七五生辰有感》（“On His Seventy-Five Birthday”）中便表示年纪已老，死而无怨，有一种古希腊式的宁静：“生命之火前我把双手烤烘，/火焰低落了，我准备离去。”[195]华兹华斯是受到了这种影响的，《永生的信息》（“Ode: Intimations of Immortality”）：“我们披祥云，来自上帝身边——/那本是我们的家园；……”[196]《为滑铁卢之战而作》：“信上帝，依顺自然，把生命珍护；……”[197]人的生死是由上帝支配的，顺应自然就是投向上帝的怀抱。

（三）主张舍生取义

在中国传统文化中，生命的价值取向是非常明显的。司马迁说：“人固有一死，死有重于泰山，或轻于鸿毛，用之所趋异也。”[198]王夫之说：“死不是忧，所忧者，死而无益于世。”[199]蒲松龄说：“觍然而生不如狐，泯然而死不如鬼。”[200]鲁迅说：“生命牺牲了而真理昭然于天下，这死是值得

193 《圣经》（新标准修订版、新标准和合版），中国基督教协会，第2页。

194 《圣经》（新标准修订版、新标准和合版），中国基督教协会，第2-3页。

195 王佐良《英诗的境界》，北京：生活·读书·新知三联书店，1991年版，第205-206页。

196 《华兹华斯诗歌精选》，杨德豫译，太原：北岳文艺出版社，2000年版，第246页。

197 《华兹华斯诗歌精选》，杨德豫译，太原：北岳文艺出版社，2000年版，第205页。

198 《司马迁传·报任安书》，班固撰《汉书》第九册，北京：中华书局，1962年版，第2732页。

199 和鑫编《贤言启语》，北京：中国妇女出版社，1991年版，第28页。

200 蒲松龄《莲香》，张友鹤辑校《聊斋志异》第一册，上海：上海古籍出版社，1962年版，第232页。

的。”[201]《大戴礼记·曾子制言上》：“生以辱不如死以荣。”“辱可避，避之而已矣；及其不可避也，君子视死如归。”[202]《论语·宪问》：“见危授命，久要不忘平生之言，亦可以为成人矣。”[203]《论语·先进》：“子曰：‘吾以女为死矣。’曰：‘子在，回何敢死。’”[204]朱熹注：

> 况颜渊之于孔子，恩义兼尽，又非他人之为师弟子者而已。即夫子不幸而遇难，回必捐生以赴之也。捐生以赴之，幸而不死，则必上告天子，下告方伯，请讨以复仇，不但已也。夫子而在，则回何为而不爱其死，以犯匡人之锋乎[205]？

《老子·三十三章》：“不失其所者久，死而不亡者寿。”[206]王弼注：“虽死而以为生之道不亡乃得全其寿，身没而道犹存况身存而到不卒乎？”[207]《论语·泰伯》：“守死善道。”[208]在谚语中也有论述：“活着为个人，不如一根针，活着为大家，生命值千金。”[209]在中国传统文化中，生命价值取向的一个要点是舍生取义。《论语·子张》：“士见危致命，见得思义。”[210]《孟子·告子上》：

> 生亦我所欲也，义亦我所欲也。二者不可得兼，舍生而取义者也。生亦我所欲，所欲有甚于生者，故不为苟得也。死亦我所恶，所恶有甚于死者，故患有所不辟也[211]。

《孟子·滕文公下》：“志士不忘在沟壑，勇士不忘丧其元。”[212]《说苑·指武》：“必死不如乐死，乐死不如甘死，甘死不如义死，义死不如视死如归，此之谓也。”[213]曹植《白马篇》：“捐躯赴国难，视死忽如归。”[214]梁竦

201 和鑫编《贤言启语》，北京：中国妇女出版社，1991 年版，第 29 页。
202 王聘珍撰，王文锦点校《大戴礼记解诂》，北京：中华书局，1983 年版，第 90 页。
203 阮元校刻《十三经注疏》下册，北京：中华书局，1980 年版，第 2511 页。
204 阮元校刻《十三经注疏》下册，北京：中华书局，1980 年版，第 2500 页。
205 朱熹撰《论语集注》，济南：齐鲁书社，1992 年版，第 110 页。
206 《诸子集成》第三册，北京：中华书局，1954 年版，第 19 页。
207 《诸子集成》第三册，北京：中华书局，1954 年版，第 19 页。
208 阮元校刻《十三经注疏》下册，北京：中华书局，1980 年版，第 2486 页。
209 王陶宇编《常用谚语》，成都：四川辞书出版社，1991 年版，第 12 页。
210 阮元校刻《十三经注疏》下册，北京：中华书局，1980 年版，第 2531 页。
211 阮元校刻《十三经注疏》下册，北京：中华书局，1980 年版，第 2752 页。
212 阮元校刻《十三经注疏》下册，北京：中华书局，1980 年版，第 2710 页。
213 向宗鲁校证《说苑校证》，北京：中华书局，1987 年版，第 370 页。
214 赵幼文校注《曹植集校注》，北京：人民文学出版社，1984 年版，第 412 页。

《悼骚赋》："祖圣道而垂典兮，褒忠孝以为珍。既匡救而不得兮，必殒命而后仁。"[215]文天祥《过零丁洋》："人生自古谁无死，留取丹心照汗青。"[216]王定保说："无义而生，不如有义而死，邪曲而得，不若正直而失。"[217]《格言联璧》："死不足悲，可悲是死而无补。"[218]舍生取义的另一种表述是杀身成仁。孔子说："志士仁人，无求生以害仁，有杀身以成仁。"[219]洪兴祖评屈原说："人臣之义，以忠正为高，以伏节为贤。故有危言以存国，杀生以成仁。"[220]《国语·晋语》："杀身以成志，仁也。"[221]刘胡兰为革命英勇就义，毛泽东说："生的伟大，死的光荣。"[222]在俗语中也有论述："大丈夫宁死不屈。""大丈夫视死如归。"[223]当然，生命是最宝贵的，没有必要去作无谓的牺牲，《孟子·离娄下》："可以死，可以无死，死伤勇。"[224]司马迁《报任安书》："勇者不必死节，怯夫慕义，何处不勉焉！"[225]中国传统文化生命的价值取向对陶渊明产生了很大的影响，这在其诗文作品中可见一斑。《咏二疏》："谁云其人亡，久而道弥著。"[226]《咏荆轲》："其人虽已没，千载有余情。"[227]《读山海经》第九首："余迹寄邓林，功竟在身后。"[228]《读山

215 废振刚、胡双宝、宗明华辑校《全汉赋》，北京：北京大学出版社，1993 年版，第 276 页。
216 林庚、冯沅君主编《中国历代诗歌选》下编（一），北京：人民文学出版社，1987 年版，第 783 页。
217 和鑫编《贤言启语》，北京：中国妇女出版社，1991 年版，第 30 页。
218 金缨、张琪校注《格言联璧》，兰陵堂存版，武汉：湖北人民出版社，1994 年版，第 221 页。
219 《论语·卫灵公》，阮元校刻《十三经注疏》下册，北京：中华书局，1980 年版，第 2517 页。
220 洪兴祖撰《楚辞补注》，北京：中华书局，1983 年版，第 48 页。
221 徐元诰撰，王树民、沈长云点校《国语集解》，北京：中华书局，2002 年版，第 280 页。
222 据史料记载，1947 年 3 月 25 日，毛泽东"听取任弼时汇报刘胡兰英勇就义的事迹，深为感动，挥笔写下'生的伟大，死的光荣'八个字"。详见：中共中央文献研究室编，逄先知主编《毛泽东年谱》（一八九三-一九四九）（修订本）下卷，北京：中央文献出版社，2013 年版，第 177 页。
223 曹聪孙编注《中国俗语典》，成都：四川教育出版社，1991 年版，第 62 页。
224 阮元校刻《十三经注疏》下册，北京：中华书局，1980 年版，第 2729 页。
225 班固撰《汉书·司马迁传》第九册，北京：中华书局，1962 年版，第 2733 页。
226 逯钦立校注《陶渊明集》，北京：中华书局，1979 年版，第 129 页。
227 逯钦立校注《陶渊明集》，北京：中华书局，1979 年版，第 131 页。
228 逯钦立校注《陶渊明集》，北京：中华书局，1979 年版，第 137 页。

海经》第十首：“形夭无干戚，猛志故常在！”[229]《咏贫士》第四首：“朝与仁义生，夕死复何求？”[230]《读史述》第四章：

遗生良难，
士为知己。
望义如归，
允伊二人[231]。

《咏三良》：

厚恩固难忘，
君命安可违！
临穴罔惟疑，
投义志攸希[232]。

在西方传统文化中，生命的价值取向也是非常明显的。英国谚语中有很多论述：“生活充实，生命就长。”[233]“恶人不得好死。”[234]“失去名誉，就等于失去生命。”[235]“宁可站着死，决不跪着生。”[236]“宁可光荣死，不可耻辱生。”[237]“与其忍辱偷生，不如光荣牺牲。”[238]“不自由，毋宁死。”[239]“死得高尚，一生荣光。”[240]朱利叶斯·凯撒（Julius Caesar，约

229 逯钦立校注《陶渊明集》，北京：中华书局，1979 年版，第 138 页。
230 逯钦立校注《陶渊明集》，北京：中华书局，1979 年版，第 125 页。
231 逯钦立校注《陶渊明集》，北京：中华书局，1979 年版，第 181 页。
232 逯钦立校注《陶渊明集》，北京：中华书局，1979 年版，第 130 页。
233 原文为：“Life is long if it is full.”详见：盛绍裘、李永芳编《英汉双解英语谚语辞典》，上海：知识出版社，1989 年版，第 283 页。
234 原文为：“He that lives wickedly can hardly die honestly.”详见盛绍裘、李永芳编《英汉双解英语谚语辞典》，上海：知识出版社，1989 年版，第 207 页。
235 原文为：“Take away my good name and take away my life.”详见：盛绍裘、李永芳编《英汉双解英语谚语辞典》，上海：知识出版社，1989 年版，第 396 页。
236 原文为：“Better die standing than live kneeling.”详见：盛绍裘、李永芳编《英汉双解英语谚语辞典》，上海：知识出版社，1989 年版，第 82 页。
237 原文为：“Better die with honour than live with shame.”详见：盛绍裘、李永芳编《英汉双解英语谚语辞典》，上海：知识出版社，1989 年版，第 82 页。
238 原文为：“Better a glorious death than a shameful life.”详见：盛绍裘、李永芳编《英汉双解英语谚语辞典》，上海：知识出版社，1989 年版，第 77-78 页。
239 原文为：“Give me liberty or give me death.”详见：盛绍裘、李永芳编《英汉双解英语谚语辞典》，上海：知识出版社，1989 年版，第 168 页。
240 原文为：“A fair death honours the whole life.”详见：盛绍裘、李永芳编《英汉双解英语谚语辞典》，上海：知识出版社，1989 年版，第 12 页。

前 100-前 44）说："儒夫在他未死之前，已身历多次死亡的恐怖了。"[241]伊里奇·佛洛姆（Erich Fromn，1900-1980）说："生命本身并无任何意义存在，除非人类利用自己的力量去赋予生命意义。"[242]阿尔伯特·爱因斯坦（Albert Einstein，1879-1955）说："人只有献身社会，才能找出那实际上是短暂而风险的生命的意义。"[243]泰戈尔说："生命赐给我们，我们必须奉献于生命，才能获得生命。""我将以一再的死亡，去体认那生命是无穷尽的。"[244]约翰·沃尔夫冈·冯·歌德（Johann Wolfgang von Goethe，1749-1832）说："无用的生命只是早的死亡。"[245]辛尼加（Seneca，约前 4-前 65）说："生命是一篇小小说，不在长，而在好。"[246]莎士比亚说："耻辱的生命更可恨。"[247]肖伯纳说："生，使一切人站在一条水平线上：死，使卓越的人露出头角来。"[248]乔治·戈登·拜伦（George Gordon Byron，1788-1824）说："死得伟大的人，永远没有失败。"[249]他在《本国既没有自由可争取》（"When a Man Hath No Freedom to Fight for at Home"，1820）第一章中写道：

本国既没有自由可争取，
那就去为邻国的自由战斗！
以罗马希腊的荣誉为己任，
不怕流血和断头[250]！

赫伯特说："活得不正当的人，恐惧跟随着他。""在他死后不活在人

241 原文为："Cowards die many times before their deaths." 详见：连畔编译《英语格言菁华》，香港：上海书局有限公司，1978 年版，第 42-43 页。
242 和鑫编《贤言启语》，北京：中国妇女出版社，1991 年版，第 28 页。
243 和鑫编《贤言启语》，北京：中国妇女出版社，1991 年版，第 30 页。
244 和鑫编《贤言启语》，北京：中国妇女出版社，1991 年版，第 28-29 页。
245 和鑫编《贤言启语》，北京：中国妇女出版社，1991 年版，第 28 页。
246 和鑫编《贤言启语》，北京：中国妇女出版社，1991 年版，第 28 页。
247 和鑫编《贤言启语》，北京：中国妇女出版社，1991 年版，第 29 页。
248 和鑫编《贤言启语》，北京：中国妇女出版社，1991 年版，第 29 页。
249 和鑫编《贤言启语》，北京：中国妇女出版社，1991 年版，第 29 页。
250 原诗为："When a man hath no freedom to fight for at home, / Let him combat for that of his neighbors; / Let him think of the glories of Greece and of Rome, / And get knock'd on the head for his labours." 详见：*The Norton Anthology of English Literature*, Sixth Edition, Volume 2, New York and London: W. W. Norton & Company: 1986, p.489.译诗引自：《拜伦诗选》，骆继光、温晓红译，石家庄：花山文艺出版社，1992 年版，第 52 页。

们心里的人，等于没有活过。”[251]托马斯·金布尔（Thomas Campbell，1763-1854）说：“我们活在活着的人心里，那么我们就没有死去。”[252]在生命和真理之间，应舍弃生命而选择真理，为真理而死是崇高的。这同中国传统文化中之舍生取义在内涵上是一致的。罗伯特·彭斯（Robert Burns，1759-1796）在《苏格兰人》（“Scots Wha Hae”）第四章中写道：

谁愿意为苏格兰的国君和法律，
奋力把自由之剑拔出，
生为自由人，死为自由魂，
　让他跟我前进[253]！

他在《麦克孚生的告别辞》（“Macpherson's Farewell”）第二章中写道：

死啊，无非是少了一口气？
　在多少浴血的战场上
我从不怕它，在这里
　我又一次嘲弄了死亡[254]。

他在《麦克孚生的告别辞》第五章中接着写道：“愿那些贪生怕死的家伙，／蒙受懦夫的坏名气！”[255]艾米莉·伊丽莎白·狄金森（Emily Elizabeth Dickinson，1836-1886）在《我为美而死》（“I Died for Beauty”）一诗中写道，“我为美而死”，“真与美——／是一体”[256]。1775年7月6日，北美大陆会议宣称：“宁可作为自由人而死，不愿作奴隶而生。”[257]意大利星象

251 原文为：“He hath not lived that lives not after death.”详见：连畔编译《英语格言菁华》，香港：上海书局有限公司，1978年版，第40-41页。

252 原文为：“To live in hearts we leave behind / Is not to die.”详见：连畔编译《英语格言菁华》，香港：上海书局有限公司，1978年版，第42-43页。

253 原诗为：“Wha for Scotland's King and law / Freedom's sword will strongly draw, / Freeman stand, or freeman fa'? / Let him follow me!”详见：Robert Burns Selected Poems, London: Penguin Books, 1996, p.264.译诗引自：《彭斯抒情诗选》，袁可嘉译，长沙：湖南文艺出版社，1996年版，第17页。

254 原诗为：“O,what is death but parting breath? / On many a bloody plain / I've dar'd his face, and in this place / I scorn him yet again.”详见：《彭斯抒情诗选》，袁可嘉译，长沙：湖南文艺出版社，1996年版，第62页。译诗引自：《彭斯抒情诗选》，袁可嘉译，长沙：湖南文艺出版社，1996年版，第63页。

255《彭斯抒情诗选》，袁可嘉译，长沙：湖南文艺出版社，1996年版，第65页。

256《狄金森抒情诗选》，江枫译，长沙：湖南文艺出版社，1996年版，第155页。

257 阎照祥著《英国史》，北京：人民出版社，2003年版，第260页。

学家、诗人切科·达斯科利（Cecco d'Ascoli，1269-1327）论证地球是圆球形状，认为在地球的另一半上也有人类居住，违背了圣经教义，遭到宗教裁判迫害，1327 年烧死在佛罗伦萨圣十字架教堂前的火刑柱上。西班牙医学家、神学家迈克尔·塞尔维特（Michael Servetus, 1511-1553）否定三位一体（the Holy Trinity），宗教裁判所审判他，他拒绝放弃自己的观点，1553 年烧死在日内瓦的火刑柱上。意大利哲学家、天文学家乔尔丹·布鲁诺（Giordan Bruno，1548-1600）到处宣传尼古拉·哥伯尼的日心说，动摇了传统的地心说，遇到宗教裁判所压制，1600 年烧死在罗马鲜花广场的火刑柱上。达斯科利、塞尔维特与布鲁诺坚贞不屈，视死如归，是为真理献身的光辉典范。1803 年，爱尔兰民族英雄罗伯特·艾默特（Robert Emmet）起义失败，被英国政府处以极刑，托马斯·摩尔（Thomas Moore，1779-1852）在《刑前献给爱尔兰的歌》中吟颂道："但上天给予的另一个最可贵的祝福，/那就是：为了你而光荣地牺牲。"[258]西方传统文化生命的价值取向对华兹华斯产生了很大的影响，这在其诗歌作品中可得以印证。他在《无题：不列颠自由的洪流，从古昔年代》中写道，"英武祖先的铠甲在堂上高悬；/我们别无选择：不自由，便死亡"[259]。他在《瑞典王》中写道："要么尊严地生存，/要么光荣地死亡。"[260]他在《蒂罗尔人的心情》中写道："祖先托付给我们的土地，只能/传给我们的子孙，否则，毋宁死！""看我们踊跃前趋，虽死不悔；/刚强无畏的手里紧握着刀枪，/要永保高风亮节，要保卫人类。"[261]安德里亚斯·霍弗尔（Hofer，1767-1810）是奥地利西部蒂罗尔的爱国之士，是一个敢于为正义而牺牲的英雄人物，这引起了华兹华斯的感慨和赞叹。他在《霍弗尔》（"Hofer"）中写道：

无畏的蒂罗尔人的英雄领袖，
　当真是凡间父母所生的儿子？
　也许是退尔的英灵返回人世，
想叫这衰颓的世道重新抖擞？

258 弗·特·帕尔格雷夫原编，罗义蕴、曹明伦、陈朴编注《英诗金库》，成都：四川人民出版社，1989 年版，第 538 页。

259 《华兹华斯诗歌精选》，杨德豫译，太原：北岳文艺出版社，2000 年版，第 191 页。

260 《华兹华斯抒情诗选》，谢耀文译，南京：译林出版社，1991 年版，第 193 页。

261 《华兹华斯诗歌精选》，杨德豫译，太原：北岳文艺出版社，2000 年版，第 200 页。

当天昏地暗的黑夜终于退走，

　他从晓色中来临，似天边旭日；

　却平易谦和，头上简朴的装饰

是一茎苍鹭羽翎，别无所有[262]。

威廉·华莱士（William Wallace，1272? -1305）是反抗英格兰人的苏格兰军事首领和民族英雄，1305 年被爱德华一世（Edward I，1272-1307）俘获并处死。1803 年 8-9 月间，华兹华斯与妹妹多萝西漫游苏格兰，对相关传说产生了兴趣，并对这一为民族而死的英雄给予了热情洋溢的赞扬，《序曲》第一卷：

如何华莱士为苏格兰而战——让华莱士之名

像野花一样流芳他的故园，

让华莱士之英雄业绩遍布陡峭的

山崖与平缓的河畔，犹如一群

幽灵，将当地独立与自由的不屈

精神四处泼洒，寄予庇护

这种自由精神的天然圣殿[263]。

1803 年，拿破仑正积极筹划渡海入侵英国，英国的肯特郡位于英格兰东南端，与法国海岸相距仅三十余里，是法军首当其冲的进攻目标。对于肯特士兵而言，投降意味着可能生存，抵抗意味着可能死亡。华兹华斯认为，为了保家卫国和维持人间正义，肯特士兵应选择战斗。他在《献给肯特的士兵》（“To the Men of Kent”）一诗中对他们高声急呼：“肯特的士兵呵！不是死，便是胜利！”[264]他在《预卜》（“Anticipation”）一诗中作出想象，拿破仑的军队入侵英国，被打得尸横遍野、一败涂地，英国军民庆祝胜利，举国狂欢。他在诗末写道：“就连惨祸，痛苦，亲属的牺牲，／也能使我们感到欣慰和光荣——／死者将永享英名，永蒙天宠。”[265]这体现了他为了正义要勇

262 《华兹华斯诗歌精选》，杨德豫译，太原：北岳文艺出版社，2000 年版，第 198 页。

263 第一卷《引言——幼年与学童时代》第 214-220 行，威廉·华兹华斯著《序曲》，丁宏为译，北京：中国对外翻译出版公司，1999 年版，第 9 页。

264 《华兹华斯诗歌精选》，杨德豫译，太原：北岳文艺出版社，2000 年版，第 194 页。

265 《华兹华斯诗歌精选》，杨德豫译，太原：北岳文艺出版社，2000 年版，第 195 页。

于牺牲、为了正义而死死得其所的生命观。《为滑铁卢之战而作》一诗能更好体现他舍生取义之生死观：

艾尔宾英武的儿郎！你们并不
　轻贱自己的生命；看偌大人寰
　再没有另一个民族像你们这般
得天独厚，拥有这么多宝物；
信上帝，依顺自然，把生命珍护；
　然而，当流血作战是义不容辞，
　你们便舍生取义，勇于效死；
这样，终于扫灭了那一伙狂徒[266]。

1915 年 6 月 18 日，英国、普鲁士联军同拿破仑率领的法军在比利时中部滑铁卢（Waterloo）展开决战，法军遭到前所未有的大败，四天后，拿破仑被迫退位，从此结束了政治生涯。次年初，英国政府决定建立滑铁卢战役纪念碑，华兹华斯创作了这首诗，歌颂英国军队击败拿破仑的功绩。英国士兵是珍惜自己的生命的，但当祖国和人民需要的时候，他们又舍生取义、勇于效死，以鲜血和生命谱写出了壮丽的诗篇。

当然，对于华兹华斯来说，一个人无须作无谓的牺牲；相反，一个人为了正义事业，在身处逆境之时，更应该珍惜生命，勇敢地活下去。1793 年，英国加入第一次反法联盟，大批英军奔赴前线，战死疆场。华兹华斯对这样的牺牲是否定的，他在《序曲》第十卷中写道：

但是，最痛苦之事莫过于将如此事实
记录下来！因为那是当成千
上万的英国人被击溃，并不光荣地
牺牲疆场，或者——无谓的勇士们！——
不顾脸面，望风而逃[267]。

弗朗索瓦·多米尼克·图森·路维杜尔（François Dominnique Toussaint L'ouverture，约 1746-1803）[268]是海地的黑人革命领袖，1791 年，海地爆发革

266 《华兹华斯诗歌精选》，杨德豫译，太原：北岳文艺出版社，2000 年版，第 205 页。

267 第十卷《寄居法国——续》第 284-288 行，威廉·华兹华斯著《序曲》，丁宏为译，北京：中国对外翻译出版公司，1999 年版，第 270 页。

268 François Dominnique Toussaint L'ouverture：或译“弗朗索瓦·多米尼克·杜桑·

命，他领导黑人揭竿而起，抗击法国殖民者，打败西班牙、英国入侵军队，摧毁奴隶制度。1801 年，海地宣布独立，他担任终身执政。他颁布宪法，解放全部黑奴。拿破仑发布命令在圣多明各重建奴隶制，路维杜尔加以拒绝。路维杜尔多次击败拿破仑派来的讨伐军，大挫法国锐气。1802 年，他与法国议和，遭到诱捕，6 月，被押送至法国巴黎。1803 年 4 月，他在囚禁了十个月之后，死于阿尔卑斯山的监狱。路维杜尔入狱两个月后，华兹华斯写下十四行诗《致图森·路维杜尔》，为他摇旗呐喊，鼓励他勇敢地活下去，以图东山再起：

哦，蒙难的领袖！何时何地
　你才能平息怒火！可不要死去；
　身遭囚禁，你也要面露欢愉；
你本人虽已蹉跌，势难再起，
也要活下去，要宽心[269]。

四、陶渊明和华兹华斯生死观的异质性

陶渊明和华兹华斯在文学创作和哲学思考中所表现出的生死观在其表面的相似之下还掩藏着一些差异，这主要表现在：陶渊明对彼岸世界持否定态度，他奉行的是注重今世生活的人生哲学。华兹华斯对彼岸世界则持肯定态度，他奉行的是向上帝寻求安慰的人生哲学。

（一）否定彼岸世界，注重今世生活

儒家文化对鬼神采取的是敬而远之的怀疑态度，《论语·先进》：“未能事人，焉能事鬼？”“未知生，焉知死？”[270]《论语·季氏》：“君子有三畏：畏天命，畏大人，畏圣人之言。”[271]《论语·颜渊》：“死生有命，富贵在天。”《增广贤文》：“生不认魂，死不认尸。”[272]欧阳修《徂徕石先生墓志铭》：

卢维杜尔”。

269 《华兹华斯诗歌精选》，杨德豫译，太原：北岳文艺出版社，2000 年版，第 185 页。

270 阮元校刻《十三经注疏》下册，北京：中华书局，1980 年版，第 2499 页。

271 阮元校刻《十三经注疏》下册，北京：中华书局，1980 年版，第 2522 页。

272 周希陶编订《增广贤文》，朱用纯等编撰，王晓蓓校注《格言铭训》，济南：齐鲁书社，1998 年版，第 30 页。

徂徕之岩岩，与子之德兮，鲁人之所瞻。汶水之汤汤，与子之道兮，逾远而弥长。道之难行兮，孔孟遑遑。一世之屯兮，万世之光。曰吾不有命兮，安在夫桓魋与臧仓！自古圣贤皆然兮，噫子虽强毁其何伤[273]！

在儒家文化中，人贵乎鬼神。《论语·雍也》："务民之义，敬鬼神而远之，可谓知矣。"[274]朱熹《论语集注》引程子曰："人多信鬼神，惑也。而不信者又不能敬。能敬能远，可谓知也。"[275]《左传·桓公六年》："夫民，神之主也。是以圣王先成民，而后致力于神。"[276]《左传·庄公十年》：

问："何以战？"公曰："衣食所安，弗敢加专也，必以分人。"对曰："小惠未遍，民弗从也。"公曰："牺牲玉帛，弗敢加也，必以信。"对曰："小信未孚，神弗福也。"公曰："小大之狱，虽不能察，必以情。"对曰："忠之属也，可以一战。"[277]

无论是怀疑鬼神，还是重人胜于重鬼神，都能导引出对彼岸世界的否定。

儒家文化对彼岸世界的否定更加凸现了现世生活的重要性，这一切对陶渊明产生了很大的影响，使他的生死观呈现出了怀疑彼岸世界和肯定此岸世界的色彩。

第一，怀疑彼岸世界

陶渊明不相信有彼岸世界存在，《拟挽歌辞》第一首：

得失不复知，
是非安能觉。
千秋万岁后，
谁知荣与辱[278]。

《饮酒》第十一首：

死去何所知，

273《欧阳文公集》第四册，《欧阳永叔集》上册，上海：商务印书馆，1936年版，第84页。
274 阮元校刻《十三经注疏》下册，北京：中华书局，1980年版，第2479页。
275 朱熹撰《论语集注》，济南：齐鲁书社，1992年版，第57页。
276 阮元校刻《十三经注疏》下册，北京：中华书局，1980年版，第1750页。
277 阮元校刻《十三经注疏》下册，北京：中华书局，1980年版，第1767页。
278 逯钦立校注《陶渊明集》，北京：中华书局，1979年版，第141页。

称心固为好。

客养千金躯，

临化消其宝。

裸葬何必恶，

人当解意表[279]。

《拟古》第四首：

松柏为人伐，

高坟互低昂；

颓基无遗主，

游魂在何方[280]？

第二，肯定此岸世界

《吕氏春秋·仲春纪·贵生》：“圣人深虑天下，莫贵于生。”[281]陶渊明对此岸世界是充分肯定的，具体表现在以下三个方面：

其一，诊视生命，热爱生活。《吕氏春秋·孟冬纪·节丧》：“知生也者，不以害生，养生之谓也。”[282]南都闾巷常谚云：“恼一恼，老一老。笑一笑，少一少。”[283]陶渊明是诊视生命、热爱生活的，《杂诗》第一首：

盛年不重来，

一日难再晨；

及时当勉励，

岁月不待人[284]。

《杂诗》第二首：“日月掷人去，有志不获骋。”[285]《杂诗》第四首：“丈夫志四海，我愿不知老。”[286]《自祭文》：“惟此百年，夫人爱之。惧彼无成，愒日惜时。”[287]

其二，乐天知命，知足保和。陈栎《问答一则》：“陶元亮忠义旷达，优

279 逯钦立校注《陶渊明集》，北京：中华书局，1979年版，第93页。
280 逯钦立校注《陶渊明集》，北京：中华书局，1979年版，第111页。
281《诸子集成》第六册，北京：中华书局，1954年版，第14页。
282《诸子集成》第六册，北京：中华书局，1954年版，第96页
283 杜文澜辑，周绍良校点《古谣谚》，北京：中华书局，1958年版，第633页。
284 逯钦立校注《陶渊明集》，北京：中华书局，1979年版，第115页。
285 逯钦立校注《陶渊明集》，北京：中华书局，1979年版，第115-116页。
286 逯钦立校注《陶渊明集》，北京：中华书局，1979年版，第116页。
287 逯钦立校注《陶渊明集》，北京：中华书局，1979年版，第197页。

游乐易，以白乐天比之亦似之。”[288]元好问《小圣乐·骤雨打新荷》：“穷通前定，何用苦张罗。命友邀宾玩赏，对芳樽浅酌低歌。且酩酊，任他两轮日月，来往如梭。”[289]施闰章《学余堂诗集·客中独酌偶和陶公饮酒》：

人生如奔马，
促促竟何之。
崎岖逐所欲，
宁似闲居时。
得欢日已足，
何为待来兹。
彭殇等朝莫，
下士心然疑。
但当乐相乐，
一觞聊共持[290]。

陶渊明是乐天知命、知足保和的，《杂诗》第一首：

人生无根蒂，
飘如陌上尘。
分散逐风转，
此已非常身[291]。

《饮酒》第十五首：

宇宙一何悠，
人生少至百。
岁月相催逼，
鬓边早已白。
若不委穷达，
素抱深可惜[292]。

288 《附录五·陶渊明评论辑要·定宇集》，龚斌校笺《陶渊明集校笺》，上海：上海古籍出版社，1996年版，第555页。
289 解玉峰编著《元曲三百首》（新注本），北京：中华书局，2007年版，第2页。
290 转引自：杨袁行霈《论和陶诗及其文化义蕴》，《中国社会科学》，2003年第6期，第154页。
291 逯钦立校注《陶渊明集》，北京：中华书局，1979年版，第115页。
292 逯钦立校注《陶渊明集》，北京：中华书局，1979年版，第96页。

他在《自祭文》中断然地说："匪贵前誉，孰重后歌，人生实难，死如之何。"[293]

其三，珍惜今生，及时行乐。生命和死亡是一对矛盾统一体，没有生命就没有死亡，死亡的存在又使生命之价值更加凸显，使人更加珍惜生命，于是，及时行乐的思想便产生了。古埃及人在认识到人生而必死的残酷现实后，不是陷入抑郁悲观，而是转而珍视生命、享受生活。他们在吃喝玩乐时，把死人的塑像抬出来放在筵席前，上面刻有箴言，他们说："吃吃喝喝，及时行乐，你死以后，也就像他。"[294]及时行乐的主题在东方文学中古即有之，由来已久。十九世纪中叶，在伊拉克的尼尼微（Nineveh）王宫内发现了古代亚述最后一个伟大的国王亚述巴尼拔（Ashurbanipal，或作 Assurbanipal、Asurbanipal，前 668-前 627 在位）创建的、古代中东地区第一家系统收集、编目的图书馆，这也是目前已知世界上最早的图书馆[295]，里面有一部较完整的用亚述语楔形文字刻写的泥板诗作《吉尔伽美什》（*The Epic of Gilgamesh*）。这部诗作由 12 块大型泥板组成，共 3000 多行，是巴比伦文学中最有影响的代表作品，是世界文学史中最古老的一部史诗，是世界文学史上第一部伟大的英雄史诗，其雏形距今已有 4000 多年的历史了。史诗中的恩奇都（Enkidu）触犯神的尊严而遭到惩罚，生病死去，从而引发了吉尔伽美什（Gilgamesh）对人生的困惑，故而历经艰难险阻寻求永生之道，结果两手空空、无果而归，在一定程度上表现了及时行乐的主题。同样，中国古人在认识到时空永恒而生命短暂的残酷事实后，常常产生珍惜今生、及时行乐的思想，《增广贤文》："今朝有酒今朝醉，明日愁来明日忧。"[296]反映在文学中，就是及时行乐的主题。中国文学中及时行乐的主题可追溯到《诗经》，如《国风 · 召南 · 摽有梅》：

摽有梅，

293 逯钦立校注《陶渊明集》，北京：中华书局，1979 年版，第 197 页。

294 黑格尔著《历史哲学》，王造时译，上海：世纪出版集团上海书店出版社，2001 年版，第 216 页。

295 亚述巴尼拔图书馆收藏了 2 万多块楔形文字泥板文献，包括宗教经典、文学作品、天文观测记录、医学原典、数学、化学、植物学等学科的著作、历史文献、条约、法律、命令、书信、王室经济报表、房屋和沟渠建筑报告、语法著作、词典以及类似百科全书的著作。其中，有大约 20720 块泥板与残片保存于大英博物馆。

296 李冲锋译注《增广贤文》，北京：中华书局，2021 年版，第 95 页。

其实七兮。
求我庶士，
迨其吉兮。
摽有梅，
其实三兮。
求我庶士，
迨其今兮[297]。

诗中人由梅之纷纷下落联想到青春之易逝，进而萌发了尽快觅得如意夫君以便及时享受人生快乐之强烈愿望。在《诗经》之中，《摽有梅》并非唯一一个表达及时行乐主题的诗篇，《唐风 · 山有枢》所谓“子有酒食，何不日鼓瑟？且以喜乐，且以永日”[298]，《秦风 · 车邻》所谓“今者不乐，逝者其耋”，“今者不乐，逝者其亡”[299]，即系例证。在《诗经》之后，这一主题得到传承，《乐府诗集 · 西门行》以直抒胸臆的手法表达了因生命短促而催发的及时行乐的呼唤：

出西门，步念之，今日不作乐，当待何时？逮为乐，逮为乐，当及时。何能愁怫郁，当复待来兹。酿美酒，炙肥牛，请呼心所欢，可用解忧愁。人生不满百，常怀千岁忧。昼短苦夜长，何不秉烛游。游行去去如云除，弊车羸马为自储[300]。

杜秋娘的《金缕衣》同样表现了及时行乐之主题：

劝君莫惜金缕衣，
劝君惜取少年时。
花开堪折直须折，
莫待无花空折枝[301]。

白居易《城上对月，期友人不至》：“古人惜昼短，劝令秉烛游。”[302]

与此一脉相承的是，陶渊明也具有及时行乐之思想，并在其文学创作中

297 阮元校刻《十三经注疏》上册，北京：中华书局，1980 年版，第 291 页。
298 阮元校刻《十三经注疏》上册，北京：中华书局，1980 年版，第 362 页。
299 阮元校刻《十三经注疏》上册，北京：中华书局，1980 年版，第 369 页。
300 郭茂倩《乐府诗集》第二册，北京：中华书局，1979 年版，第 549 页。
301 蘅塘退士编，陈婉俊补注《唐诗三百首》卷八，北京：中华书局，1959 年版，第 23 页。
302 顾学颉校点《白居易集》第一册，北京：中华书局，1979 年版，第 190 页。

不断表现这一主题，《酬刘柴桑》：

今我不为乐，
知有来岁不?
命室携童弱，
良日登远游[303]。

《杂诗》第一首：

得欢当作乐，
斗酒聚比邻。
盛年不重来，
一日难再晨[304]；

《饮酒》第二十首："若复不快饮，空负头上巾。"[305]在《庚子岁五月中从都还阻风于规林》第二首中他又说："当年讵有几，纵心复何疑。"[306]在《游斜川》中他还说："且极今朝乐，明日非所求。"[307]这实际上是今朝有酒今朝醉的人生哲学[308]。

宣扬人生短暂、及时行乐思想的并非东方所独有，西方亦然。在基督教经典《圣经》中已经有类似宣扬人生短暂、及时行乐思想的成分。

首先，享受生活是正当的，《旧约全书 · 传道书》（"Ecclesiastes"，*The Books of the Old Testament*）："人莫强如吃喝，且在劳碌中享福，我看这也是出于上帝的手。"[309]又，《旧约全书 · 传道书》：

> 我所见为善为美的，就是人在上帝赐他一生的日子吃喝，享受日光之下劳碌得来的好处，因为这是他的分。上帝赐人资财丰富，使他

303 逯钦立校注《陶渊明集》，北京：中华书局，1979年版，第59页。
304 逯钦立校注《陶渊明集》，北京：中华书局，1979年版，第115页。
305 逯钦立校注《陶渊明集》，北京：中华书局，1979年版，第99页。
306 逯钦立校注《陶渊明集》，北京：中华书局，1979年版，第74页。
307 逯钦立校注《陶渊明集》，北京：中华书局，1979年版，第45页。
308 因生命有限而催发的及时行乐的文学主题是中外文学中的一个永恒的主题，这是在陶渊明之后得以传承的，仅举一例，唐代王翰《凉州曲》："葡萄美酒夜光杯，欲饮琵琶马上催。醉卧沙场君莫笑，古来征战几人回。"前两句言举杯欢饮之盛况，后两句释开怀畅饮之缘由，及时之行乐同生命之无常直接联系到了一起。所引王翰《凉州曲》，详见：蘅塘退士编，陈婉俊补注《唐诗三百首》卷八，北京：中华书局，1959年版，第3页。
309 《圣经》（新标准修订版、新标准和合版），中国基督教协会，第1012页。

能以吃用，能取自己的分，在他劳碌中喜乐，这乃是上帝的恩赐[310]。

其次，当理直气壮地去享受生活，《旧约全书 · 传道书》："你只管去欢欢喜喜吃你的饭，心中快乐喝你的酒，因为上帝已经悦纳你的作为。你的衣服当时常洁白，你头上也不要缺少膏油。"[311]又，《旧约全书 · 传道书》："少年人哪，你在幼年时当快乐。在幼年的日子，使你的心欢畅，行你心所愿行的，看你眼所爱看的；……"[312]

及时行乐也是西方文学的一大主题。托马斯 · 斯特恩斯 · 艾略特（Thomas Stearns Eliot，1888-1965）认为，及时行乐是"欧洲文学最伟大的传统事业之一"[313]。甚至还有学者认为："该主题广泛流传于一切时代，它确实是一个具有普遍意义的概念，反映了人类世界的一个重要的哲学的焦点问题。"[314]这些看法并非空穴来风。欧洲文学有两大源头，一是古希腊罗马文学，一是希伯来基督教文学。

在西方文学史上，以及时行乐为主题的作品的确出现较早。大约在公元前五世纪至公元一世纪期间，希伯来祭司对犹太教教义进行修订，编撰戒律、信条，收集、整理公元前十三世纪之后流传下来的经律教规、国法政令、箴言训诫、历史传说、神话故事、寓言歌谣等各种典籍文献、民间口头作品，用希伯来文编撰成《圣经》。希伯来《圣经》在基督教中得到全面继承，成为基督教《圣经》中的《旧约》。《圣经》既是基督教宗教经典，亦是西方文学名著，成为西方文学两大源头之一。如前所引，《旧约全书》中及时行乐之主题已经不只一处出现。公元前七世纪的萨福（Sappho，约前 612-？）在《哪儿去了，甜的蔷薇》一诗中留下了"一旦逝去，永难挽回"[315]的叹息。公元前三世纪的莱昂尼达斯（Leonidas）曾在作品中写道：

应当明白：你生来是个凡夫，

310 《圣经》（新标准修订版、新标准和合版），中国基督教协会，第 1015 页。
311 《圣经》（新标准修订版、新标准和合版），中国基督教协会，第 1019 页。
312 《圣经》（新标准修订版、新标准和合版），中国基督教协会，第 1021 页。
313 T. S. Eliot, *Selected Essays*, New York: Harcourt, Brace, and World, Inc., 1960, p.253.
314 Diane Hartunian, *La Celestina: A Feminist Reading of the Carpe Diem*, Maryland: Scripta Humanistica, 1992, p.5.
315 转引自：吴笛《论东西方诗歌中的"及时行乐"主题》，《外国文学研究》，2002 年第 4 期，第 104 页。萨福在第一首诗歌中写道："如果现在没有爱，爱很快就会流溢——"，详见：《"萨福"：一个欧美文学传统的生成》，田晓菲编译，北京：生活 · 读书 · 新知三联书店，2003 年版，第 48 页。

鼓起勇气，在欢宴中寻求快乐。

一旦死去，再也没有任何享受[316]。

公元前一世纪盖尤斯·瓦莱里乌斯·卡图卢斯（Gaius Valerius Catullus，约前84-约前54）在《生活吧，我的蕾丝比亚》等诗歌中表现了人生无常、生命短促、光明有限、黑暗漫长的时空观，进而提出要尽情享受现世爱情的欢乐：

太阳一次次沉没又复升起，

而我们短促的光明一旦熄灭，

就将沉入永恒的漫漫长夜！

给我一千个吻吧，再给一百，

然后再添上一千，再添一百，

然后再接着一千，再接一百[317]。

昆图斯·贺拉斯·弗拉库斯（Quintus Horatius Flaccus，前65-前8）在《颂歌》（*Odes*）第一章第十一节中呼吁道：

聪明一些，斟满酒盅，抛开长远的希望。

我在讲述的此时此刻，生命也在不断衰亡。

因此，及时行乐，不必为未来着想[318]。

本·琼生《来吧，我的西莉娅》（“Come, My Celia”）：

来吧，我的西莉娅，让我们体验

爱情的欢愉，趁我们年轻浪漫。

时光不会永远属于我们，

它终将破坏我们这良好的意愿[319]。

莎士比亚《一对情人并着肩》：

劝君莫负艳阳天，

　嗳唷嗳唷嗳嗳唷，

---

316 J. E. Wellington, *An Analysis of the Carpe Diem Theme in Seventeenth Century English Poetry* (1590-1700), dissertation, Florida University, 1955, p.42.

317 飞白《诗海——世界诗歌史纲》（传统卷），桂林：漓江出版社，1989年版，第91页。

318 Horace, *The Complete Odes and Epodes*, translated by W. G. Shepherd, Midllesex: Peguin Books Ltd., 1983, p.79.

319 Robin Sowerby, *The Classical Legacy in Renaissance Poetry*, London: Longman Group UK limited, 1994, p.144.

恩爱欢娱要趁少年，
　春天是最好的结婚天，
听嘤嘤歌唱枝头鸟，
姐郎们最爱春光好[320]。

莎士比亚《第十二夜》（*Twelth Night, or You Will*）第二幕第三场诗歌《及时行乐》：

什么是爱情？它不在明天；
欢笑嬉游莫放过了眼前。
　将来的事有谁能猜料？
不要蹉跎了大好的年华；
来吻着我吧，你双十娇娃，
　转眼青春早化成衰老[321]。

龙萨《当你衰老之时》：“生活吧，别把明天等待，/今天你就应该采摘生活的花朵。”[322]罗伯特·赫里克（Robert Herrick，1591-1674）在《给少女的忠告》（“To the Virgins, Make Much of Time”）中一开始便吟唱道：“采撷你那玫瑰的蓓蕾，趁你还能够的时候。”[323]赫里克的《考里纳前去参加五朔节》（“Corinna’s Going a Maying”）、安德鲁·马维尔（Andrew Marvell，1621-1678）的《致羞涩的女友》（“To His Coy Mistress”）、爱德蒙·沃勒（Edmund Waller，1606-1687）的《去，可爱的玫瑰花》和贡戈拉的《趁你的金发灿烂光辉》，亦皆是表现及时行乐主题之杰作。

在古希腊罗马及此前之文学中，由于受到朴素唯物主义和现实主义的影响，及时行乐的主题得以产生。在这一时期，及时行乐的主题还缺乏深刻的哲理性，主要局限于享受爱情、美酒的狭小层面，并且充满着悲观主义的色彩。但它突出现世生活的意义，故也有一定的积极意义。在随后的中古时期，时代的基本特征是宗教神权统治一切，来世主义等思想占据了决定性的

---

320 湖南省外国文学研究会编《外国诗歌选》，长沙：湖南人民出版社，1981年版，第9页。

321 弗·特·帕尔格雷夫原编，罗义蕴、曹明伦、陈朴编注《英诗金库》，成都：四川人民出版社，1989年版，第50页。

322 飞白《诗海——世界诗歌史纲》（传统卷），桂林：漓江出版社，1989年版，第183页。

323 John Anthony Cudden, *A Dictionary of Literary Terms*, Revised Edition, London: André Deutsch Limited, 1979, p.104.

地位，现世主义思想受到排挤，及时行乐的主题极少在文学作品中得到体现。在文艺复兴时期，自然科学取得极大的成就，人文主义思想得到极大发展，以体现现世生活意义的及时行乐思想在经过中世纪漫长岁月的压抑之后重新得到重视。在这一时期，及时行乐的主题有了人文主义内涵，具有强烈的反封建、反教会神权、反禁欲主义的进步意义。蒙田在《散文集》（*Essays*）第三卷中写道：

> 世界上最好、最合理的事就是很好地、公正地对待人，世界上最难学懂学透的科学就是知道如何享乐此生，知道如何顺应自然；在我们所有的缺点中最严重的就是轻视自己的生命[324]。

在十七世纪玄学派诗歌中，及时行乐主题得到了相当集中的表现。古典主义时期强调公民义务，启蒙主义时期注重宣传、勾勒资产阶级理想王国和强调教育、启迪功能，及时行乐思想已不再具有时代的特征，极少有人涉及。浪漫主义时期重情轻理，强调沉溺自我，但同时也十分注重想象。从根本上看，浪漫主义是理想主义文学，同十分现实的及时行乐思想格格不入[325]。同其他所有诗人一样，华兹华斯也是时代的产儿，无法超越时代的局限，故及时行乐的思想在他身上是难于找到的。从这个意义上看，他同陶渊明的生死观具有较大的差异性。

及时行乐是珍惜生命、重视人的价值的必然产物，不能斥之为消极、悲观、颓废、腐朽、没落，并不能简单、幼稚、粗暴、无礼地予以否定和批判。在中国，早在春秋时期就已开始重视人的价值了。在这方面，老子开了先河，《老子·二十五章》：“道大，天大，地大，王亦大。域中有四大，而王居其一焉。”[326]王弼注：“天地之性人为贵，而王是人之主也。”[327]在中国思想史上，老子第一个将人与道、天与地并列，并将人置放于万物之上，强调人的生命价值远远高于身外之物的价值，凸现了人的重要性。老子还提出了“摄生”、“自爱”、“无遗身殃”和“长生久视”等一系列重人贵生的观念[328]，

---

324 彼得·博皮著《蒙田》，孙乃修译，北京：工人出版社，1985年版，第36页。

325 吴笛《论东西方诗歌中的“及时行乐”主题》，《外国文学研究》，2002年第4期，第107页。

326 《诸子集成》第三册，北京：中华书局，1954年版，第14页。

327 《诸子集成》第三册，北京：中华书局，1954年版，第14页。

328 道家重人贵生的传统发展到极致，就是道教以追求长生不老为首务的仙人信仰，它为道教重视人乃至超越人的思想奠定了基础。

《老子·五十章》：“盖闻善摄生者，陆行不遇兕虎，入军不被甲兵。”[329]《老子·七十二章》：“是以圣人自知不自见，自爱不自贵。”[330]《老子·五十二章》：“用其光，复归其明，无遗身殃，是为习常。”[331]《老子·五十九章》：“是谓深根固柢，长生久视之道。”[332]战国时期的庄子进一步提出了“保身全生”等贵生观念，《庄子·养生主》：“可以保生，可以全生，可以养亲，可以尽年。”[333]比老子略晚的孔子也有重人思想，《论语·乡党》：“厩焚。子退朝曰：‘伤人乎？’不问马。”[334]孔子还提出了“仁”的重人观念，《论语·里仁》：“里仁为美。”“不仁者，不可以久处约，不可以长处乐。仁者安仁，知者利仁。”[335]“仁”的深层含义是“爱”，《论语·颜渊》：“樊迟问仁。子曰：‘爱人。’”[336]《庄子·天地》：“爱人利物之谓仁。”[337]这实际上就是人本主义思想。战国时期的孟子进一步提出了“仁政”、“民贵君轻”等重民的观念，《孟子·离娄上》：“尧舜之道，不以仁政，不能平治天下。”[338]《孟子·尽心下》：“民为贵，社稷次之，君为轻。”[339]这是对孔子人本主义思想的进一步发展。道家、儒家对人的价值的重视具有积极意义，而与此相关尤其是与道家重人思想一脉相承的陶渊明的及时行乐的人生观也不应归结于消极、悲观、颓废、腐朽、没落。关于这一点，还可从以下两方面加以进一步论证：

其一，可从中国其他诗人的诗歌中找到注脚。李白《将进酒》：

人生得意须尽欢，
莫使金樽空对月。
天生我材必有用，
千金散尽还复来[340]。

329《诸子集成》第三册，北京：中华书局，1954年版，第30页。
330《诸子集成》第三册，北京：中华书局，1954年版，第43页。
331《诸子集成》第三册，北京：中华书局，1954年版，第31页。
332《诸子集成》第三册，北京：中华书局，1954年版，第36页。
333《诸子集成》第三册，北京：中华书局，1954年版，第18页。
334 阮元校刻《十三经注疏》下册，北京：中华书局，1980年版，第2495页。
335 阮元校刻《十三经注疏》下册，北京：中华书局，1980年版，第2471页。
336 阮元校刻《十三经注疏》下册，北京：中华书局，1980年版，第2504页。
337《诸子集成》第三册，北京：中华书局，1954年版，第70页。
338 阮元校刻《十三经注疏》下册，北京：中华书局，1980年版，第2717页。
339 阮元校刻《十三经注疏》下册，北京：中华书局，1980年版，第2774页。
340 王琦注《李太白全集》上册，北京：中华书局，1977年版，第179页。

前两句宣扬要抓紧时间享受人生的快乐，后两句则在思想境界上更进一层，表达了积极的、乐观主义的人生态度。钱志熙将及时行乐这种生活观称作“世俗理性生命观”[341]，是有一定道理的。

其二，可从西方人的看法中找到旁证。在西方文学中，及时行乐作为一个术语出自贺拉斯用拉丁语写成的《颂歌》第一章第十一节：“Dum loquimur, fugerit invida / Aetas: carpe diem, quam minimum credula postero.”[342]这两个诗行的大意可用英语阐释为：“Enjoy yourself while you can.”[343]翻译成汉语即是：“趁能享受的时候享受。”同拉丁语“carpe diem”对应的英语为“snatch the day”[344]。从字面上看，“carpe diem”和“snatch the day”意为“抓住这一天”、“抓紧时间”、“珍惜时光”或“只争朝夕”，两个均是中性词组，不含贬义。可见，在西方人看来，及时行乐并没有消极的内涵。吴笛对西方及时行乐的思想进行研究后认为：

> “及时行乐”这一主题的内涵并不是一般意义上的消极的处事态度，而是积极的哲理人生的具体反映，它甚至超出了文学的范围，在人类思想史上的人学与神学、现世主义与来世主义以及封建意识与人文主义思想的冲突中发挥了应有的作用，有着重要的意义[345]。

吴迪之论本是针对西方人而发的，但用它来评价陶渊明可能同样也是较适合的。对于陶渊明来说，生命原本有限而短暂，又无来世可以期待，理所当然就当加倍珍惜现世生活，及时行乐就是这种人生哲学的体现。从这一角度看，陶渊明所奉行的是一种积极的人生哲学，它闪耀着强烈的人性色彩，比西方文艺复兴时期人文主义的呼声早了近 1,000 年。

（二）肯定彼岸世界，在上帝处寻归属

早在基督教诞生之前，西方哲学家便开始思考生死问题了，毕达哥拉斯

341 钱志熙《唐前生命观和文学生命主题》，北京：东方出版社，1979 年版，第 30 页。

342 John Anthony Cudden, *A Dictionary of Literary Terms*, Revised Edition, London: André Deutsch Limited, 1979, p.103.

343 John Anthony Cudden, *A Dictionary of Literary Terms*, Revised Edition, London: André Deutsch Limited, 1979, p.103.

344 John Anthony Cudden, *A Dictionary of Literary Terms*, Revised Edition, London: André Deutsch Limited, 1979, p.103.

345 吴笛《论东西方诗歌中的“及时行乐”主题》，《外国文学研究》，2002 年第 4 期，第 103 页。

（Pythagoras，约前 582-约前 500）、苏格拉底（Socrates，约前 469-前 399）、德谟克里特（Democritus，约前 460-前 370）、柏拉图（Plato，约前 428-约前 348）就是这样的哲学家。无论基督教诞生与否，在西方思想史上，哲学家对死亡问题的思考从未中断过，并留下了许多精辟的论述。毕达哥拉斯认为，灵魂不死，死亡是灵魂的暂时解脱。苏格拉底认为，死可能比生更好。德谟克里特认为，死亡是自然之身的解体。柏拉图认为，死亡是灵魂从身体的开释。乔治·威廉·弗雷德里克·黑格尔（Georg Wilhelm Friedrich Hegel，1770-1831）认为，死亡是精神同自身的和解。在基督教文化中，人的生死同上帝密切相关，这可追溯到《圣经·旧约全书·创世记》（“Genesis”，*The Books of the Old Testament, The Holy Bible*）：

上帝说：“我们要照着我们的形像、按着我们的样式造人，使他们管理海里的鱼、空中的鸟、地上的牲畜，和全地，并地上所爬的一切昆虫。”

上帝就照着自己的形像造人，

乃是照着他的形像造男造女[346]。

上帝即圣父，圣父、圣子和圣灵又构成三位一体（Trinity），这样，人的生死又同圣父、圣子和圣灵联系到了一起。格雷《墓园挽歌》：

莫再想法揭示他的优点，
　莫再从墓穴挖掘他的缺点，
让它们在天父和上帝的心田，
　同样战战兢兢怀着希望安眠[347]。

从“天父”和“上帝”等字眼看，上诗所流露出来的生死观带有浓郁的基督教色彩。在英国文学史乃至整个欧美文学史上，在文学作品中流露出具有基督教宗教色彩生死观的现象都是普遍的。塞缪尔·泰勒·柯尔律治（Samuel Taylor Coleridge，1772-1834）《一个幼童的墓志铭》：

趁罪恶、忧患未及摧残，
　死神慈爱地光临，

346 “Genesis”, *The Books of the Old Testament, The Holy Bible*, Nashville / New York: Thomas Nelson Inc., 1977, p.1.

347 *An Anthology of English Verse*, edited with an Introduction by Wang Zuoliang, Annotated in Chinese by Jin Liqun, Shanghai: Shanghai Translation Publishing House, 1993, p.237.

把这枝蓓蕾携上云端，

让它在天国盛放[348]。

罗伯特·勃朗宁（Robert Browning，1812-1889）在《向前看》（“Prospice”）中，表达了“对死亡的勇敢态度和对上帝、基督教的信仰”[349]。亨利·朗费罗（Henry Longfellow，1807-1882）《生命的礼赞》（“A Psalm of Life”）：“‘你来自尘土，必归尘土，’／但这是指肉体，灵魂并未死亡。”[350]

在基督教文化中，人来于上帝，死后又归于上帝，人与上帝的关系更为亲近。人死后若能升天复活，便能进入到天国。据天主教《要理大全》描述，天国之中黄金铺地，宝石盖屋，若置身天国，眼可观美景，耳可听音乐，口可尝美味，五官中之每一官都能有相称福乐的天堂。死后灵魂升入天堂是人人梦想的事，英国无名氏《墓志铭》（“Epitaph”）：“我躯体歇在这石碑下面，／我但愿我灵魂已经升天。”[351]彼得·尼科逊（Peter Nicholson，1950-）《新英格兰墓地》（“New England Graveyard”）：“一座墓碑向人们述说：／从这儿走向永恒的天堂。”[352]死亡往往不是非常痛苦之事，丁尼生《“她提着血迹斑斑的斑鸠纹山鹑”》：“生叫死优雅、死让生光鲜，／生和死就在同一个画面里，／使情人在我心中永远放光辉。”[353]雪莱《断章：长眠完成生命》：“胎儿在子宫里偃卧，／尸体，长眠于坟墓：／我们开始在终止处。”[354]丁尼生《“我死了以后，你别来”》：“但对于生活／我已经厌倦，只求长眠。”[355]雪莱《夏日黄昏的墓园——写于格罗斯特郡，里屈雷德》：“我好奇地想到：死亡必是瞒住／甜蜜的故事不使人知道，不然／也必有最美的梦和它相伴。”[356]托马斯·巴宾顿·麦考莱（Thomas Babington Macaulay，1800-

---

348 华兹华斯、柯尔律治著《华兹华斯、柯尔律治诗选》，杨德豫译，北京：人民文学出版社，2001 年版，第 277 页。

349 *A History of English Literature*, Volume III, by Chen Jia, Beijing: The Commercial Press, 1986, p.294.

350 《英美抒情诗选萃》，黄新渠译，成都：四川人民出版社，1998 年版，第 127 页。

351 《英国抒情诗 100 首》，黄杲炘译，上海：上海译文出版社，1998 年版，第 233 页。

352 《英美抒情诗选萃》，黄新渠译，成都：四川人民出版社，1998 年版，第 193 页。

353 《丁尼生诗选》，黄杲炘译，上海：上海译文出版社，1995 年版，第 5 页。

354 《雪莱抒情诗全译》，江枫译，长沙：湖南文艺出版社，1996 年版，第 424 页。

355 《丁尼生诗选》，黄杲炘译，上海：上海译文出版社，1995 年版，第 149 页。

356 《雪莱抒情诗选》，查良铮译，北京：人民文学出版社，1958 年版，第 28 页。

1859）《杰克拜特的墓志铭》：“终于到了某天，上帝见我日子难过，/给我一个向往的安息之所，一座早夭之墓。”[357]乔治·戈登·拜伦（1788-1824）《安恬之死》：

你曾有几时心情舒畅，
你曾有几日，不曾烦恼？
最后你会明白，不论你怎样，
安息了总比活着更好[358]。

布莱恩特《死之念》：

你向你的坟陵走去，
象欲寝者放下床帷，
安然而卧，
渐至甜蜜梦境[359]。

叶芝《女伯爵凯瑟琳在天堂》：

所有沉重的日子都已过完；
留下那躯体的斑斓装饰
在那杂芜丛生的蒿草下面，
还有那双脚并放在一起[360]。

死亡只表示肉体的消亡，精神是永存的。歌德说：

到了七十五岁，人总不免偶尔想到死。不过我对此处之泰然，因为我深信人类精神是不朽的，它就象太阳，用肉眼来看，它象是落下去了，而实际上它永远不落，永远不停地在照耀着[361]。

死亡预示着新生，勃朗宁在给朋友的一封信中写道：“死亡就是生命，正如我们的人体每天、每个瞬间都在不停地死亡，而同时也在不停地补充新

357 弗·特·帕尔格雷夫原编，罗义蕴、曹明伦、陈朴编注《英诗金库》，成都：四川人民出版社，1989年版，第184页。

358 《拜伦诗选》，骆继光、温晓红译，石家庄：花山文艺出版社，1992年版，第30-31页。

359 威廉·卡伦·布莱恩特《死之念》，张顺赴译，详见：卡尔·博德编《美国文学精华》（第一分册），四川师范大学文学与翻译研究会译，成都：四川师大学学报编辑部，1985年版，第70页。

360 《叶芝诗集》（上），傅浩译，石家庄：河北教育出版社，2003年版，第87页。

361 爱克曼辑录《歌德谈话录》，朱光潜译，北京：人民文学出版社，1978年版，第42-43页。

的生存力量。”“我不承认死亡是任何东西的终结。”[362]雪莱在《1819年的英国》（“England in 1819”）中，直接把十九世纪初英国的国王（King）、王子（princes）、统治者（rulers）、公众（people）、军队（army）、法律（laws）、宗教（Religion）、议会（Senate）比作一片坟墓（graves），认为从中将产生出一个光荣的幽灵（a glorious Phantom）即革命[363]，旧社会之死亡预示着新社会之诞生。劳伦斯《死亡之歌》：“唱起死亡之歌，哦，唱起来吧！/因为没有死亡之歌，生命之歌/就会变得愚蠢，没有活力。”[364]

华兹华斯是个深受基督教传统文化影响的诗人，对他来说，不仅有此岸，而且彼岸也是存在的。他在《罪恶和悲伤，或发生在索尔兹伯里平原的事情》中写道：

> 她躺在一张床上死去了，神色雅淡；
> 仍旧，在她丈夫朝她俯下身腰的时候，
> 在她的脸庞上有了一个表情，似乎将言，
> “祝福：见汝身影，自天堂送来
> 给我离别灵魂的安宁，心圆意满。”[365]

他在《序曲》第十四卷中总结自己心灵的历程时写道：“其进程让我始信永世的/生命，这是将永恒、上帝、现世的/人生维系在一起的可倚靠的思想。”[366]丁宏为分析认为：“‘永世的生命’是突现于《序曲》尾卷的概

362 杨岂深、孙铢主编《英国文学选读》第一册，上海：上海译文出版社，1981年版，第297页。

363 关于“a glorious Phantom”的翻译和所指，不同的人有不同的处理。如，金立群将之译作“光荣的幽灵”，认为它指的是“革命”。详见：“England In 1819”注释12，王佐良主编，金立群注释《英国诗选》（注释本），上海：上海译文出版社，1993年版，第443页。江枫亦将之译作“幽灵奋飞，/焕发灿烂荣光”，至于它指的是什么，他却没有明说。详见：《十四行：1819年的英国》第13-14行，《雪莱抒情诗全集》，江枫译，长沙：湖南文艺出版社，1996年版，第179页。查良铮将之译作“光辉的幻影”，认为它指的是“自由”。详见：《1819年的英国》第13行及注释2，《雪莱抒情诗选》，查良铮译，北京：人民文学出版社，1958年版，第65页。

364 《劳伦斯诗选》，吴笛选编翻译，桂林：漓江出版社，1998年版，第14页。

365 William Wordsworth, “Guilt and Sorry, or Incidents upon Salisbury Plain” LXX, *The Collected Poetry of William Wordsworth*, Ware: Wordsworth Editions Limited, 1994, p.36.

366 第十四卷《结尾》第203-205行，威廉·华兹华斯著《序曲》，丁宏为译，北京：中国对外翻译出版公司，1999年版，第352页。

念，指生命有来世，对此的信念能将人与神等概念维系在一起，是有关思想的基础。”[367]

华兹华斯认为，现世的不幸和痛苦不是靠加倍享受今生来消解的，而是将之疏解到彼岸世界。人生有苦难，死亡是对罪孽和痛苦的解脱，“死亡如战胜了疲倦的远行者的睡眠”[368]。天国是幸福之所在，死亡是到达天国的必经之路。他在《论墓志铭》中写道：

> 死者仿佛从其墓石中向人表述自己。让这离世者向你述说他的苦痛已远；安宁的休息已来临；他恳求你不再为他哭泣。他以陷于人间林林总总的爱之虚荣之经历者的口吻告戒世人，像超越者一样给予决断，如执行法官之职责，没有诱惑能误导他，其决定不再有偏颇。死亡解除了他的苦痛，苦难也消散了[369]。

华兹华斯认为，死亡是重回自然，死亡是人的最终归宿，死亡只是人的肉体的消亡，死亡似乎是并非令人十分痛苦之事，人的灵魂是永生的，人的精神是永存的，“思索的灵魂，循着道德的方向，前往永生之国”[370]。他在《致云雀》（“To a Sky-lark”）中对云雀吟唱道：

> 唉！我的征途坎坷而迂回，
> 　一路上尘沙满目，荆棘遍野；
> 然而，只要听到你，或你的同类
> 　来自天廷的自由愉快的仙乐，
> 我也就知足了，又奋起力向前跋涉，
> 期待着生命终结后更高的欢乐[371]。

人生征途艰难坎坷、迂回曲折，云雀欢快的歌唱使他心中充满了欢乐。然而，在他看来，人死后在天国得到的快乐却更大、更高，死亡已成了一种美丽的期盼。他在《无题：阿尔法秀丽的教堂，在游客看来》中写道：

---

367 第十四卷注释 18，威廉·华兹华斯著《序曲》，丁宏为译，北京：中国对外翻译出版公司，1999 年版，第 365 页。

368 华兹华斯《论墓志铭》（1810 年），转引自：苏文菁著《华兹华斯诗学》，北京：社会科学文献出版社，2000 年版，第 311 页。

369 转引自：苏文菁著《华兹华斯诗学》，北京：社会科学文献出版社，2000 年版，第 318 页。

370 华兹华斯《论墓志铭》（1810 年），苏文菁著《华兹华斯诗学》，北京：社会科学文献出版社，2000 年版，第 310 页。

371 《华兹华斯诗歌精选》，杨德豫译，太原：北岳文艺出版社，2000 年版，第 79 页。

阿尔法秀丽的教堂，在游客看来，
　像一颗明星那样可人心意——
　当乌云遮住半边天，从云间缝隙，
这颗星露出容颜，射出光彩；
像果实丰美的棕榈，高入云霭，
　俯瞰阿拉伯帐篷四周的荒地；
　像印度古树，让枝条垂入土里
又一一生根，撑起来庞然如盖。
闲暇多美呵！但愿有闲暇，容许
　我躺在清波冲荡的教堂墓园，
　由累累坟冢引起虔敬的思念；
要么，在近处徘徊，向远方望去，
　月光下，看淡淡群峰幽幽闪现，
看不见河身，却欣然听见它低语[372]。

教堂是教徒做礼拜的场所，是连接现世和来世的桥梁，它自然也同死亡和永生相联系。华兹华斯在这里对达登河（the River Duddon）畔之阿尔法教堂（the Kirk of Ulpha）作了描绘，字里行间充满着称赞歌颂，丝毫未见出担心和忧虑之情。教堂中的墓园系死者葬身之处，一般易于唤起恐惧情绪，如威廉·布莱克（William Blake，1757-1827）在《爱之园》（“The Garden of Love”）中写到教堂时即流露出的就是这样的情绪。同布莱克不一样的是，华兹华斯在《无题：阿尔法秀丽的教堂，在游客看来》中却一点也没有流露出恐惧之心，相反，倒有一丝恬淡的向往之情。又如在《露西·格瑞》中，露西·格瑞是自然界不可分割的一部分，她和自然界融为了一体，她的死去和活着一样，都显得自然而然。在《露西组诗》中，露西只是自然界的一部分，生前不为人注意，死后无人忧虑。露西之死如同回归自然，自然而然。他在《露西组诗》中多次写到露西之死，但这种死又不是真正的消亡，她的灵魂在自然中得到了永生，她的精神在宇宙中得以永存。《乔治和萨拉·格林》一诗也能说明问题。他在该诗中先对乔治·格林夫妇的死亡经过作了大致的叙述，然后写道：

森严险怪的山岭，如今

372 《华兹华斯诗歌精选》，杨德豫译，太原：北岳文艺出版社，2000 年版，第 209 页。

蔼然眺望着墓地；
天宇的喧嚣已化为静默，
像大海波平浪息。

平静的心灵深深地埋藏了——
藏入深深的沉寂；
沉寂的心灵长留在这儿了——
被这片墓园幽闭。

墓园里，他们安然无事了——
再没有烦恼、忧伤，
再不知恐惧、悲痛，再不要
阳光或指路的星光。

凄惨的人间最后一夜，
充满了恐怖、悲辛！
那一夜之后便是墓穴——
黑洞洞，何等幽深！

墓穴是死者神圣的婚床，
两口子并肩睡稳，
和平的纽带，爱情的纽带，
使他们永不分离[373]。

静默的天宇、平静的大海这两个意象极具象征意义，它们让人不由自主地想起上帝和天国的宁静与幸福。乔治·格林和妻子萨拉充满恐与惧悲辛的人间最后一夜是他们人间苦难生活的象征，他们的死亡已变成了对现世生活的解脱，烦恼、忧伤、恐惧、悲痛，世间一切磨难与痛苦均已烟消云散、荡然无存。婚床和纽带两个意象暗示着，他们的肉体虽已消亡，但他们的灵魂却已得到永生。

面对人生命有限、生而必死的生物现象，陶渊明和华兹华斯经历了非常相似的心路历程：焦虑痛苦、希望永恒、面对现实、冷静接受、顺其自然。这也可能是作为一般意义上的人面对生死所经历的心路历程。

373 《华兹华斯诗歌精选》，杨德豫译，太原：北岳文艺出版社，2000 年版，第 234-235 页。

《水浒传》和
《罗宾汉传奇》中的英雄人物

中国施耐庵（1296-1370）、罗贯中（1330？-1400？）的《水浒传》和英国查尔斯·维维安（E. Charles Vivian，？-？）的《罗宾汉传奇》（*Robin Hood and His Merry Men*）两部小说的显著共性是以英雄人物为主角。这些英雄人物虽生活在不同的时代和国度，但他们都啸聚山林、自由快乐、豪爽重义、武艺高强、有勇有谋、劫富济贫、除暴安良、崇拜王权，具有许多相似之处。不过，梁山英雄中有些有儒生性质，有些有神异色彩，舍伍德（Sherwood）英雄则有尊重妇女、肯定爱情的特征，他们之间的差异也是存在的。两部小说中的英雄人物之所以在表面的相似之下还掩藏着一些差异，这是同中英两国不同的文化背景和社会环境相关的。把这些异中之同和同中之异加以比较研究，将有助于更好地认识中英文学史上这两部小说的价值。

一、梁山和舍伍德英雄的同质性

《水浒传》和《罗宾汉传奇》中英雄人物具有许多相似之处，下面就主要方面作一较为详尽的研究。

（一）啸聚山林

北宋末年，皇帝昏庸荒淫，朝政驰乱。徽宗赵佶（1100-1125 在位）宠爱妓女李师师，掘了条地道从皇宫直通妓院，同她长期秘密厮混。枢密童贯、太师蔡京、太尉高俅、杨戬四大重臣乘机狼狈为奸，兄弟子侄女婿遍布朝廷州府，结成一张无法突破的恶势力大网。四大奸臣欺上瞒下，搅乱朝纲，“变乱天下，坏国坏家坏民”[1]。各地方官员和豪强势要也上行下效，贪赃枉法，祸国殃民，横行霸道，变本加厉，有恃无恐。辽、金不断侵扰宋朝北部边境，致使宋朝连年用兵，劳民伤财。内忧外患，社会黑暗动荡，人民生活在水深火热之中。在《水浒传》中，梁中书在北京搜刮了十万贯金银珠宝，准备作为生辰纲送去东京给太师蔡京贺寿。晁盖等人七星聚义，认为生辰纲乃“不义之财，取之何碍”[2]，并在半路将之夺取。然后，他们来到山东济州管下的水乡梁山水泊，与官府对抗。梁山水泊方圆 800 余里，中间是宛子城、蓼儿洼。这里地面开阔，回旋余地大，地势复杂险峻，易守难攻。水泊里有新鲜的藕、鱼，山南树上有新鲜的桃、杏、梅、李、柿、栗、山枣、枇杷等水果，山里还有自养的鸡、猪、鹅、鸭等品物，可资久用。四方英雄陆续会集到此，逐渐形成有 108 名精将良帅的局面。他们对官兵十面埋伏，勇打猛击，朝廷无可奈何，梁山水泊成了他们抗击官府的根据地。

诺曼统治是英国历史上最黑暗的统治之一。诺曼征服（the Norman Conquest）后，国王威廉一世（William I，1066-1807 在位）接管教会，大量用诺曼人充任主教，“郡长职权得到扩充，可以全面管理政务，很快全部由诺曼男爵担任”[3]。1070 年，“他先后立教皇特使兰弗朗克为坎特伯雷大主教，而后数年高级职位全部改为诺曼人充任”[4]。他规定，“未经国王赞同，教皇一切命令不能在英国生效”[5]。他还采取了其它种种措施，强化统治，克莱顿·罗伯茨（Clayton Roberts）、戴维·罗伯茨（David Roberts）、道格拉斯·比松（Douglas Bisson）《英国史》（*A History of England, Volume 1: Prehistory to 1714*）载：

> 威廉一世还对民军、贵族私人军队和城堡加以利用和限制。他下令拆除了原撒克逊多数贵族的城堡，若干年后仅有两家原英格兰贵族的城堡得以保存。而诺曼贵族的新建城堡却散布各处。截至 1100 年，有 500 个城堡分布在英格兰各地的要冲。其中包括俯视泰

1 施耐庵、罗贯中著《水浒传》（下），北京：人民文学出版社，1975 年版，第 1384 页。

2 施耐庵、罗贯中著《水浒传》（上），北京：人民文学出版社，1975 年版，第 183 页。

3 阎照祥著《英国史》，北京：人民出版社，2003 年版，第 39 页。

4 阎照祥著《英国史》，北京：人民出版社，2003 年版，第 40 页。

5 阎照祥著《英国史》，北京：人民出版社，2003 年版，第 40 页。

晤士河的温莎堡和伦敦塔[6]。

威廉没收了全国一半的耕地，“将其中的 1 / 6 和大部分森林留作王室领地”[7]，其余的土地则分封给了直属封臣。“强大而富有生命力的外来贵族获得了权势”[8]，“整个社会截然的划分为各阶级和各等级”[9]。“诺曼人和盎格鲁萨克逊人的一般关系是主人和奴仆的关系”[10]。威廉一世还控制司法，利用苛刻的法律维护统治，阎照祥《英国史》载：

> 他考虑到英吉利人的敌意以及诺曼征服者人数过少，便在原有十户联保制的基础上专门规定：一旦出现命案，要求案发区尽快交出凶手，提供真实证据，以证实被害者不是诺曼人，或死者是诺曼人却并非被英吉利人所害，否则重罚该地全体英吉利人，并选一人偿命[11]。

英国人被迫在异族领主的土地上耕种，“生来便象飞翔的鸟儿一样辛劳”[12]，“呻吟于封建束缚之下”[13]。他们不得改变地方另找主人，否则成为罪犯，可抓回鞭打、铁烙，或投入地牢以至绞死。大修道院和大教堂也掌握着大片土地，这些土地由诺曼贵族经营管理。总管依赖手下的壮勇鱼肉乡民，为所欲为，无法无天。在英格兰北部，威廉“使约克郡的广大地区成为一片荒芜”[14]。国王理查德一世（Richard I，1157-1199）“是一个不安分的人物，生性好战，15 岁（1173 年）就为争夺王位继承权发动叛乱反对父王”[15]。他

6 Clayton Roberts, David Roberts, Douglas Bisson, *A History of England, Volume 1: Prehistory to 1714*, Englewood: Prentice Hall, Inc., 1980, p.78.

7 阎照祥著《英国史》，北京：人民出版社，2003 年版，第 40 页。

8 阿萨·勃里格斯著《英国社会史》，陈叔平、刘城、刘幼勤、周俊文译，北京：中国人民大学出版社，1991 年版，第 86 页。

9 阿尼克斯特著《英国文学史纲》，戴镏龄、吴志谦、桂诗春、蔡文显、周其勋、汪梧封译，北京：人民文学出版社，1980 年版，第 16 页。

10 Lai Anfang, *An Outline Introduction to Britain and America*, revised and enlarged edition, Zhengzhou: Henan Education Publishing House, 1985, p.90.

11 阎照祥著《英国史》，北京：人民出版社，2003 年版，第 39 页。

12 圣安塞姆《致两修士信札》（1081 年），阿萨·勃里格斯著《英国社会史》，陈叔平、刘城、刘幼勤、周俊文译，北京：中国人民大学出版社，1991 年版，第 62 页。

13 阿尼克斯特著《英国文学史纲》，戴镏龄、吴志谦、桂诗春、蔡文显、周其勋、汪梧封译，北京：人民文学出版社，1980 年版，第 15 页。

14 阿萨·勃里格斯著《英国社会史》，陈叔平、刘城、刘幼勤、周俊文译，北京：中国人民大学出版社，1991 年版，第 65 页。

15 阎照祥著《英国史》，北京：人民出版社，2003 年版，第 48 页。

继承王位后穷兵黩武，耽于十字军战争，长期在国外征战，“被称为‘狮王’”[16]，“在位10年，仅有6个月在英格兰，无政绩可言”[17]。此外，“国家内部并不是真正统一”[18]，“国王与贵族之间、国王和教会之间的斗争从未停止过”[19]，社会黑暗动荡。在《罗宾汉传奇》中，骑士盖伊·吉斯本想夺取罗宾汉的田庄，借故带领壮勇围攻他。罗宾汉等十人杀死壮勇，击退追兵，随后来到舍伍德森林深处，与朝廷对抗。舍伍德森林中有个狭谷，狭谷中有个林间空地，有一个山洞可以居住，地势隐蔽，便于迂回。有一条溪流从林中流过，其水可以饮用，林中有很多野鸡、野鹅、野鹿、野猪等野生禽兽，可以随意捕杀食用，罗宾汉还从洛克斯利田庄带来了必要的生活储备，可藉久驻。许多不堪忍受骑士或僧侣欺凌的人陆续汇聚到这里，入伙成了他的绿林兄弟，舍伍德成了他们抗击封建领主和僧侣的根据地。

梁山和舍伍德英雄的斗争对象是明确的。对于赵宋王朝的官僚机构，梁山英雄只反对其中的贪官酷吏，清官良吏他们是不反对的。对于诺曼人，舍伍德英雄只反对其中的坏人，“诺曼人中有好人”[20]，好人他们是不反对的。在古代社会，王法都通过国家的官僚系统来运作，在这一系统之外出现的英雄没有社会意义的合法地位，自然要与现实社会发生冲突。梁山和舍伍德英雄杀人、放火、抢劫，其原因主要有两个：一是被官府一逼再逼，走投无路。二是路见不平，拔刀相助。可见，他们之所为大体上属于义举。但从社会正统的角度看，他们依然是法外之人，必然受到正统势力的绞杀。为了逃避追杀和继续斗争，他们只好钻入高山丛林，当起啸聚山林的叛逆英雄。

同样是绿林叛逆，梁山和舍伍德英雄的斗争矛头还有所不同。梁山英雄既反对宋王朝汉族腐败统治，又攻打“老子原是大金国人”[21]的“曾家五

16 阎照祥著《英国史》，北京：人民出版社，2003年版，第48页。

17 阎照祥著《英国史》，北京：人民出版社，2003年版，第48页。

18 阿尼克斯特著《英国文学史纲》，戴镏龄、吴志谦、桂诗春、蔡文显、周其勋、汪梧封译，北京：人民文学出版社，1980年版，第14页。

19 陈志刚、张承谟、汪尧田、汪明编著《英美概况》（新编本），上海：上海外语教育出版社，1994年版，第39页。

20 查尔斯·维维安著《罗宾汉传奇》，穆旦、李丽君、杜运燮译，北京：中国文学出版社，1998年版，第121页。

21 施耐庵、罗贯中著《水浒传》（中），北京：人民文学出版社，1975年版，第833页。

虎”[22]，招安后还奉诏破辽，其斗争锋芒既指向同族，又指向异族。与此不同的是，舍伍德英雄生活在民族灾难深重的时期。沃尔特·司各脱（Walter Scott，1771-1832）在其历史小说《艾凡赫》（*Ivanhoe*，1820 年）中借助古尔斯（Gurth）之口揭露诺曼人说：

> “向圣·顿士丹起誓，”古尔斯答曰，“尔仅言及悲哀之实；除呼吸之空气，吾等几无所剩。彼以巨大踌躇得以保存，唯一之意乃使吾等忍受置于双肩之捐务。最佳肥之牲口供其食用，最美艳之妇人供其床榻之享用，最出色之勇士供其驱使疆场，尸骨让遥远异邦之土白色茫茫，其余能挺身以出以护吾不幸之撒克逊人者几稀。”[23]

又，《艾凡赫》：

> 英格兰橡木兮，诺曼人伐之，
> 英格兰人脖颈兮，诺曼人轭之，
> 英格兰羹汤兮，诺曼人食之，
> 英格兰之治兮，诺曼人主之[24]。

深重的民族灾难激发了反抗异族统治的爱国热情，故舍伍德英雄的矛头所指是诺曼统治者，是单一的异族。他们反抗异族统治的态度是非常鲜明的，“诺曼猪”[25]、“诺曼狗”[26]是他们的口头禅。反抗异族统治甚至成了他们号召人民起来战斗的口号。罗宾汉在射箭赛上被官府认出后，小约翰“凡是英国人，都来帮我们啊”[27]的喊声“也起了作用，使诺丁汉的撒克逊英格兰人都起来反对约翰的诺曼人随从”[28]。

---

22 施耐庵、罗贯中著《水浒传》（中），北京：人民文学出版社，1975 年版，第 833 页。

23 王佐良、李赋宁、周珏良、刘承沛主编《英国文学名篇选注》，北京：商务印书馆，1983 年版，第 737-734 页。

24 阿萨·勃里格斯著《英国社会史》，陈叔平、刘城、刘幼勤、周俊文译，北京：中国人民大学出版社，1991 年版，第 62 页。

25 查尔斯·维维安著《罗宾汉传奇》，穆旦、李丽君、杜运燮译，北京：中国文学出版社，1998 年版，第 6、171 页。

26 查尔斯·维维安著《罗宾汉传奇》，穆旦、李丽君、杜运燮译，北京：中国文学出版社，1998 年版，第 3、66 页。

27 查尔斯·维维安著《罗宾汉传奇》，穆旦、李丽君、杜运燮译，北京：中国文学出版社，1998 年版，第 60 页。

28 查尔斯·维维安著《罗宾汉传奇》，穆旦、李丽君、杜运燮译，北京：中国文学出版社，1998 年版，第 60 页。

在阶级社会中，人的自然本性受到深度压抑，形成社会意识深处的原始冲动。在社会公道、社会正义和社会理性正常运作之时，这种原始冲动处于休眠状态。但在社会公道、社会正义和社会理性遭到践踏搅乱之时，它就不可避免地要爆发出来，实现其总宣泄。仅在中国历史上便可找到很例证，如：西周末年（公元前 841 年）之国人暴动；秦二世元年（公元前 209 年）之陈胜、吴广起义；西汉天凤四年（公元 17 年）之王匡、王凤绿林军起义；西汉天凤五年（公元 18 年）之樊崇赤眉军起义；东汉末年（公元 184 年）之张角、张宝、张梁黄巾军起义；东晋安帝德宗时期之孙恩起义；北魏孝明帝正光四年（公元 523 年）之六镇起义；北魏孝昌一年（公元 525 年）之河北起义；北魏永安三年（公元 530 年）之关陇起义；隋大业七年（公元 611 年）之窦建德河北军起义；隋约大业七年之翟让瓦岗军起义；隋大业九年（公元 613 年）之杜伏威、辅公祏江淮军起义；唐乾符元年（公元 874 年）之王仙芝、黄巢起义；南宋建炎四年（公元 1130 年）之钟相、王幺起义；元顺帝至正十一年（公元 1351 年）之韩山童、刘福通红巾军起义；明正统七年（公元 1442 年）之叶宗留起义、明正统十三年（公元 1448 年）之邓茂七起义、明成化元年（公元 1465 年）之刘通（又名刘千斤）、石龙（又名石和尚）起义；明正德五年（公元 1510 年）之刘六、杨虎起义；明天启七年（公元 1627 年）之王二起义及随后之李自成和张献忠起义；清道光三十年（公元 1851 年）之洪秀全太平天国起义。梁山和舍伍德英雄啸聚山林所宣泄的也是这种社会意识深处的原始冲动。

但是，同英国古代社会相比，中国古代社会的官僚体系、等级制度和刑罚体制等更为完备、严格和冷酷，人民群众所受的压迫更为深重。仅刑罚体制便已很能说明问题。早在西周初年，已经出现刑法，分“轻典”、“中典”和“重典”，合称“三典”，《周礼 · 秋官司寇 · 大司寇》：“掌建邦之三典，以佐王刑邦国，诘四方。一曰刑新国用轻典，二曰刑平国用中典，三曰刑乱国用重典。”[29]在秦代，统治奉行全面法治原则，上至军政大事，下至人民日常生活，皆有法律约束，其刑罚之残酷到了令人发指的地步：肉刑有膑、刖、劓、黥、宫、榜掠等；死刑有腰斩、枭首、弃市、戮尸、坑死、凿颠、抽胁、镬烹、车裂等；有五刑，即黥、劓、斩左右趾，再笞杀，枭首、菹骨肉于市；还有夷三族，即一人犯罪，诛杀父族、母族、妻族。在西汉初年，萧何以

29 阮元校刻《十三经注疏》上册，北京：中华书局，1980 年版，第 870 页。

《秦律》为基础，增《户》、《兴》、《厩》三篇，制成《汉律》九章。后又一再增补，至汉武帝刘彻时，已达三百五十九章，大辟四百九条，一千八百八十二事，死罪决事比一万三千四百七十二事。毛泽东说过，哪里有压迫，哪里就有反抗。如果将这句话推演开来，则可以说，哪里压迫更大，哪里反抗就更猛。当中国古人这种巨大的原始冲动爆发之时，往往如火山喷发，势不可当。晁盖初上梁山作山寨之主时，只有十一位头领，兵马七八百。但少华山、黄门山、清风山、饮马川、对影山、芒砀山、枯树山、二龙山、桃花山、白虎山等地的豪杰望风而来，头领迅速增至 108 位，军马数万，凡六关八寨。他们跨州连郡，声势浩大，把官军杀得血流遍野，尸积如山，极大地动摇了反动统治。罗宾汉等人初入舍伍德森林时，数目同晁盖等人初上梁山时差不多，但发展到最后，有名有姓的英雄还不到十名，军马不过数百，其势甚小。梁山英雄是当之无愧的大乌，舍伍德英雄则充其量只是小乌。

人类的本性之中，可能存在着野蛮性、破坏性、嗜血性。有史为证，《史记·樗里子甘茂列传》：“因大悉起兵，使甘茂击之。斩首六万，遂拔宜阳。”[30]《史记·穰侯列传》：“昭王十四年，魏冉举白起，使代向寿将而攻韩、魏，败之伊阙，斩首二十四万，虏魏将公孙喜。”[31]“明年，穰侯与白起客卿胡阳复攻赵、韩、魏，破芒卯于华阳下，斩首十万，取魏之卷、蔡阳、长社，赵氏观津。”[32]《史记·白起王翦列传》：“昭王三十四年，白起攻魏，拔华阳，走芒卯，而掳三晋将，斩首十三万。与赵将贾偃战，沉其卒二万人于河中。昭王四十三年，白起攻韩陉城，拔五城，斩首五万。”[33]又，《史记·白起王翦列传》：

> 其将军赵括出锐卒自博战，秦军射杀赵括。括军败，卒四十万人降武安君。武安君计曰：“前秦已拔上党，上党民不乐为秦而归赵。赵卒反覆，非尽杀之，恐为乱。”乃挟诈而尽坑杀之，遗其小者二百四十人归赵。前后斩首掳四十五万人[34]。

《战国策·魏策·秦王使人谓安陵君》中所载的秦王嬴政和安陵君使臣唐雎纯粹是两个嗜杀的亡命徒形象：

30 司马迁撰《史记》第七册，北京：中华书局，1959 年版，第 2312 页。
31 司马迁撰《史记》第七册，北京：中华书局，1959 年版，第 2325 页。
32 司马迁撰《史记》第七册，北京：中华书局，1959 年版，第 2328 页。
33 司马迁撰《史记》第七册，北京：中华书局，1959 年版，第 2331 页。
34 司马迁撰《史记》第七册，北京：中华书局，1959 年版，第 2335 页。

> 秦王怫然怒，谓唐雎曰："公亦尝闻天子之怒乎？"唐雎对曰："臣未尝闻也。"秦王曰："天子之怒，伏尸百万，流血千里。"唐雎曰："大王尝闻布衣之怒乎？"秦王曰："布衣之怒，亦免冠徒跣，以头抢地尔。"唐雎曰："此庸夫之怒也，非士之怒也。……若士必怒，伏尸二人，流血五步，天下缟素，今日是也。"挺剑而起[35]。

在梁山英雄来势凶猛的原始冲动大爆发中，也伴随着一定的野蛮性、破坏性、嗜血性。破祝家庄后对扈太公家，破青州后对慕容知府家和破无为军后对黄文炳家，均采取的是三光政策，不分好歹地烧光、杀光、抢光。在捉住黄文炳后，李逵活活用刀把他的肉从腿上开始挑好的一片片割下，在碳火上烤了下酒，最后才割开胸膛，取出心肝，做成醒酒汤，供众头领食用。梁山英雄身上附带的野蛮性、破坏性、嗜血性在舍伍德英雄身上也是见不到的。

（二）自由快乐

梁山和舍伍德英雄不是神仙，却过着神仙般逍遥自在的生活。在梁山，"论秤分金银，异样穿绸锦，成瓮吃酒，大块吃肉，如何不快活"[36]。罗宾汉在进入舍伍德森林前对手下人描绘未来的生活说："那是一种自由的生活，开阔的生活啊，小伙子们！""只要打来野味，就可以烤肉吃。"[37]他对决定入伙的小约翰说，他那儿还剩下一小桶美酒、精美白面包、美味鹿肉和肥嫩酥脆的野猪肉。拉塔克入伙时他又介绍说："我们有上等厚膘的鹿肉，又烹调得好，有时还吃烤天鹅肉和野鸡肉呢。有劲的啤酒随你喝，还有成桶的美酒。"[38]进入舍伍德森林后，"罗宾及其伙伴们在森林深处过着非常快乐的生活"[39]。

（三）豪爽重义

不管是鲁智深同周通、武松同孔亮、李逵同张顺的相识，还是罗宾汉同

---

35 缪文远、罗永莲、缪伟译注《战国策》，北京：中华书局，2006年版，第368页。

36 施耐庵、罗贯中著《水浒传》（上），北京：人民文学出版社，1975年版，第191页。

37 查尔斯·维维安著《罗宾汉传奇》，穆旦、李丽君、杜运燮译，北京：中国文学出版社，1998年版，第12-13页。

38 查尔斯·维维安著《罗宾汉传奇》，穆旦、李丽君、杜运燮译，北京：中国文学出版社，1998年版，第49页。

39 查尔斯·维维安著《罗宾汉传奇》，穆旦、李丽君、杜运燮译，北京：中国文学出版社，1998年版，第156页。

约翰·曼斯菲尔德、罗宾汉同塔克的相遇，都是以争执打斗开始的。他们心胸坦荡，豪情万丈，当知道对方是条好汉时，便立即前嫌尽弃，握手言欢，争执打斗成了他们相识、相知、相好并结成兄弟的特殊方式。梁山和舍伍德英雄互敬互爱，豪爽重义，生死相依，肝胆相照，故有鲁智深大闹野猪林，晁天王认义东溪村，宋公明私放晁天王，朱仝义释宋公明，救宋江好汉劫法场，黑旋风探穴救柴进，放冷箭燕青救主，救卢俊义石秀跳楼，以及罗宾汉同他的兄弟为救威尔·斯卡雷攻打伊桑巴特·贝拉姆城堡。梁山和舍伍德英雄“人人戮力，个个同心”[40]，有福共享，有难同当，八方共域，异姓一家，勾勒出了一幅具有乌托邦色彩的四海之内皆兄弟的大同社会图景。

在中国传统文化中，义是一个重要的范畴，是品德的根本，伦理的原则，《礼记·祭统》：“夫义者所以济志也，诸德之发也。”[41]《孟子·告子上》：“仁，人心也；义，人路也。”[42]《淮南子》：“义者，所以合君臣、父子、兄弟、夫妻、朋友之际也。”[43]《增广贤文》：“钱财如粪土，仁义值千金。”[44]古人倡导“仁、义、礼、智、信”“五常”，“义”居第二。义有仁义之义、忠义之义、公义之义、道义之义、信义之义、义气之义和侠义之义等，崇尚义气是中国传统文化的重要组成部分。故梁山“百单八人，恩同手足，意若同胞”，“虽死不舍相离”[45]，“交情浑似股肱，义气如同骨肉”[46]。他们身上所凸现而出的义气比舍伍德英雄身上所表现出的义气更加彰显鲜明，更加感人肺腑。

（四）武艺高强

其一，高大魁梧。如武松“身躯凛凛”，“胸脯横阔”，“骨健筋强”[47]。

40 施耐庵、罗贯中著《水浒传》（下），北京：人民文学出版社，1975年版，第983页。
41 阮元校刻《十三经注疏》下册，北京：中华书局，1980年版，第1606页。
42 阮元校刻《十三经注疏》下册，北京：中华书局，1980年版，第2752页。
43 《诸子集成》第七册，北京：中华书局，1954年版，第169页。
44 李冲锋译注《增广贤文》，北京：中华书局，2021年版，第11页。
45 施耐庵、罗贯中著《水浒传》（下），北京：人民文学出版社，1975年版，第1136页。
46 施耐庵、罗贯中著《水浒传》（上），北京：人民文学出版社，1975年版，第254页。
47 施耐庵、罗贯中著《水浒传》（上），北京：人民文学出版社，1975年版，第294页。

燕顺“臂长腰阔”[48]。索超“身材凛凛，七尺以上长短”[49]。雷横“身长七尺五寸”[50]。朱仝“身长八尺四五”[51]。朱贵“身材长大，貌相魁宏”[52]。罗宾汉是个“高个子”[53]。修士塔克“身材特别魁梧”[54]，小约翰也有着“魁梧的身材”[55]。

其二，力大无穷。如鲁智深能倒拔垂杨柳，三拳便打死镇关西，所用兵器水磨禅杖重达六十二斤。雷横“膂力过人，能跳二三丈阔涧”[56]。张顺“万里长江东到海，内中一个雄夫”[57]。阮小二“臂膊有千百斤气力”[58]。武松把三五百斤重的青石墩一抱、一撇，一打、一提、一掷、一接、一放，居然“面上不红，心头不跳，口里不喘”[59]。罗宾汉“从体格上看来膂力过人”[60]，他箭术超群也得力于此。小约翰力大无比，初次同罗宾汉在木桥上相遇便把对方一棒打落桥下的水中。修士塔克也是个力气极大的人。

48 施耐庵、罗贯中著《水浒传》(上)，北京：人民文学出版社，1975年版，第433页。
49 施耐庵、罗贯中著《水浒传》(上)，北京：人民文学出版社，1975年版，第166页。
50 施耐庵、罗贯中著《水浒传》(上)，北京：人民文学出版社，1975年版，第172页。
51 施耐庵、罗贯中著《水浒传》(上)，北京：人民文学出版社，1975年版，第172页。
52 施耐庵、罗贯中著《水浒传》(上)，北京：人民文学出版社，1975年版，第145页。
53 查尔斯·维维安著《罗宾汉传奇》，穆旦、李丽君、杜运燮译，北京：中国文学出版社，1998年版，第2页。
54 查尔斯·维维安著《罗宾汉传奇》，穆旦、李丽君、杜运燮译，北京：中国文学出版社，1998年版，第47页。
55 查尔斯·维维安著《罗宾汉传奇》，穆旦、李丽君、杜运燮译，北京：中国文学出版社，1998年版，第50页。
56 施耐庵、罗贯中著《水浒传》(上)，北京：人民文学出版社，1975年版，第172页。
57 施耐庵、罗贯中著《水浒传》(中)，北京：人民文学出版社，1975年版，第557页。
58 施耐庵、罗贯中著《水浒传》(上)，北京：人民文学出版社，1975年版，第193页。
59 施耐庵、罗贯中著《水浒传》(上)，北京：人民文学出版社，1975年版，第382页。
60 查尔斯·维维安著《罗宾汉传奇》，穆旦、李丽君、杜运燮译，北京：中国文学出版社，1998年版，第2页。

其三，武艺高强。如武松“有万夫难敌之威风”[61]。朱仝“弯弓能射虎，提剑可诛龙”[62]。雷横“曳拳神臂健，飞脚电光生”，“跳墙过涧身轻。豪雄谁敢与相争”[63]。阮小五“拳打来狮子心寒，脚踢处蚖蛇丧胆”[64]。罗宾汉“动作敏捷”[65]，“是英国最精良的射手”[66]，还有高超的剑术。许多人去找他入伙，“但他只选择那些最精通武艺的好汉”[67]，可见他手下的兄弟都是些武艺非凡之人。身强力壮、武艺高强同消化功能好有密切关系，梁山和舍伍德英雄多为能食会饮的豪爽汉子。鲁智深在五台山下的小酒店吃喝时，半个狗的肉吃得只剩一条腿，两桶酒喝得精光。武松在景阳岗下的酒店吃了三斤熟牛肉后不够，又要了二斤，酒喝了十五碗，是常人醉酒量的四至五倍。李逵在回家接老娘的途中投店，叫女主人给他煮了三升米的饭，相当于常人饭量的至少三倍。小约翰“有大约三个人的食量”[68]。塔克的饭量特别大，又好喝酒，他当修士是为了“可以自由自在地大吃大喝”[69]。梁山和舍伍德英雄能喝善饮，力壮艺高，浑身浇铸着动人心魄的古拙之美。

（五）有勇有谋

梁山英雄“不怕天，不怕地，不怕官司”，“水里水里去，火里火里去”[70]，

61 施耐庵、罗贯中著《水浒传》（上），北京：人民文学出版社，1975 年版，第 294 页。

62 施耐庵、罗贯中著《水浒传》（上），北京：人民文学出版社，1975 年版，第 172 页。

63 施耐庵、罗贯中著《水浒传》（上），北京：人民文学出版社，1975 年版，第 172 页。

64 施耐庵、罗贯中著《水浒传》（上），北京：人民文学出版社，1975 年版，第 187 页。

65 查尔斯·维维安著《罗宾汉传奇》，穆旦、李丽君、杜运燮译，北京：中国文学出版社，1998 年版，第 2 页。

66 查尔斯·维维安著《罗宾汉传奇》，穆旦、李丽君、杜运燮译，北京：中国文学出版社，1998 年版，第 10 页。

67 查尔斯·维维安著《罗宾汉传奇》，穆旦、李丽君、杜运燮译，北京：中国文学出版社，1998 年版，第 25 页。

68 查尔斯·维维安著《罗宾汉传奇》，穆旦、李丽君、杜运燮译，北京：中国文学出版社，1998 年版，第 25 页。

69 查尔斯·维维安著《罗宾汉传奇》，穆旦、李丽君、杜运燮译，北京：中国文学出版社，1998 年版，第 43 页。

70 施耐庵、罗贯中著《水浒传》（上），北京：人民文学出版社，1975 年版，第 191 页。

体现出了英雄主义荡人心魄的勇气。他们“智勇非同小可”[71]，不仅有勇，而且有谋。吴用等人通过卖酒、买酒、饮酒、吃枣、下药、诱喝、蒙翻等步骤，一举夺取生辰纲，体现出了非同凡响的智谋。罗宾汉带领手下深入诺丁汉郡北城墙根的派克广场，在敌人的眼皮底下参加射箭比赛，表现出了非凡的勇气。在罗宾汉带人劫夺了雨戈·雷诺特的金子并受到通缉时，他的勇敢“早已家喻户晓，无人不知了”[72]。至于塔克，“据说在整个中部地区，没有人比这位好修士更勇敢”[73]。在进入舍伍德森林之前，罗宾汉带领马奇、威尔·斯卡雷等几个人，同盖伊·吉斯本带领的十几名全副武装的壮勇展开战斗，力量悬殊大，结果以少胜多，击败对方，没有勇气是不行的。在同肩膀较宽、肌肉较发达的海盗戴蒙作战中，罗宾汉不仅体现出了勇敢，也发挥出机智：两人剑斧相对，戴蒙一次又一次试图给他致命一击，他却只是不断闪避攻击，让对方消耗体力，当戴蒙脚下一滑时，“罗宾的利剑已闪电一般砍进戴蒙铠甲上边的空隙，戴蒙长满胡须的脑袋立即从他的肩上掉下来，滚到甲板上”[74]。梁山和舍伍德英雄智谋的集中体现是他们都谙于用兵之道。水泊抗拒追兵、劫法场救宋江、攻打祝家庄、抗击盖伊·吉斯本的首次追捕、攻伊桑巴特·贝拉姆城堡营救威尔·斯卡雷、帮助古斯·雷文斯卡爵士攻打海盗戴蒙，皆是显例。

但在用兵之道方面，梁山和舍伍德英雄还有所不同。在中国，早在春秋、战国时期便诞生了如孙武、孙膑这样优秀的军事家，创作出了象《孙子兵法》、《孙膑兵法》这样不朽的兵书。在整个中国古代史上，兵家群星璀璨，兵书层出不穷，兵法博大精深，这是古代英国无法比拟的。故同样是用兵打仗，在梁山英雄这里更显得神出鬼没、惊天动地，十面埋伏破高俅、攻打大名府、智取文安县、雪天擒索超等，都表现出了非凡的军事智慧。

（六）劫富济贫

梁山英雄和舍伍德英雄生活之需要是靠打家劫宿而获取的，但其劫取的

---

71 施耐庵、罗贯中著《水浒传》（下），北京：人民文学出版社，1975年版，第1136页。

72 查尔斯·维维安著《罗宾汉传奇》，穆旦、李丽君、杜运燮译，北京：中国文学出版社，1998年版，第75页。

73 查尔斯·维维安著《罗宾汉传奇》，穆旦、李丽君、杜运燮译，北京：中国文学出版社，1998年版，第50页。

74 查尔斯·维维安著《罗宾汉传奇》，穆旦、李丽君、杜运燮译，北京：中国文学出版社，1998年版，第115页。

对象是有严格区分的。梁山英雄奉行的准则是：

> 途次中若是客商车辆人马，任从经过；若是上任官员，箱里搜出金银来时，全家不留。所得之物，解送山寨，纳库公用；其余些小，就便分了。折莫便是百十里、三二百里，若有钱粮广积，害民的大户，便引人去，公然搬取上山。谁敢阻挡！但打听得有那欺压良善，暴富小人，积攒得些家私，不论远近，令人便去尽数收拾上山[75]。

对于需要资助的人，他们往往慷慨大方，热情援助。宋江扶危济困，仗义疏财，被人美称为山东及时雨。柴进门招天下客，凡从他庄上路过而有困难的，他都予以帮助。面对卖艺潦倒的金老汉父女，鲁智深拿出了身上仅有的五两银子，史进拿出了十两，卖艺为生的李忠也拿出了二两。李鬼谎称自己家中有九十岁老母需要赡养，李逵出手就是十两银子。在本质上，舍伍德英雄打家劫宿奉行的准则是同梁山英雄坚持的准则是一致的。罗宾汉认为，为富不仁的贵族对于他们的钱财"无权拥有"[76]，他在进入舍伍德森林前称："要和那些榨尽我们血汗的人作对，他们只要我们拼命干活，好把他们在安适中养得肥肥的——"[77]进入舍伍德森林后，他给手下人定下约法，要他们削减那些剥削穷哥们的主教、院长和郡长警官的"不义之财"[78]。在劫夺这些人的财富时，"罗宾从不让他的人闲着"[79]。赫勒福德的主教在访问约克教区之后由北向南路经舍伍德森林时，罗宾汉劫夺了他及其随从的许多值钱的赃物。掠夺成性的坎伯兰地区的贵族海费尔·休爵士在由南向北途过舍伍德林中小道时，罗宾汉夺取了这些人大量的钱物和盔甲。舍伍德英雄对于贫穷的人采取的是保护和援助的态度，"因为他总是乐意帮助有困难的男女"[80]。

---

75 施耐庵、罗贯中著《水浒传》(下)，北京：人民文学出版社，1975 年版，第 984 页。

76 查尔斯·维维安著《罗宾汉传奇》，穆旦、李丽君、杜运燮译，北京：中国文学出版社，1998 年版，第 156 页。

77 查尔斯·维维安著《罗宾汉传奇》，穆旦、李丽君、杜运燮译，北京：中国文学出版社，1998 年版，第 13 页。

78 查尔斯·维维安著《罗宾汉传奇》，穆旦、李丽君、杜运燮译，北京：中国文学出版社，1998 年版，第 14-15 页。

79 查尔斯·维维安著《罗宾汉传奇》，穆旦、李丽君、杜运燮译，北京：中国文学出版社，1998 年版，第 156 页。

80 查尔斯·维维安著《罗宾汉传奇》，穆旦、李丽君、杜运燮译，北京：中国文学出版社，1998 年版，第 174 页。

刚一进舍伍德森林，罗宾汉便给手下人约法三章，要他们不要伤害自由农民、庄稼汉和对穷人厚道的骑士或乡绅。实际上，正如民谣中所吟唱的一样，罗宾汉是“穷人的朋友，随时准备为他人伸出援助之手”[81]。

（七）除暴安良

梁山英雄替天行道，他们对于专权乱政、结党营私、陷害忠良或交结权势、欺压良善、为非作歹的人是坚决予以打击的。高俅是个浮浪破落户子弟，“若论仁义礼智，信行忠良，却是不会”[82]，发迹为殿帅府太尉后胡作非为，残害忠良，王进被他毒打逼走，林冲被他弄得家破人亡。梁中书“在北京害民”[83]，蔡京、童贯也是与高俅同一类的奸谗之人。黄文炳是“阿谀谗佞之徒，心地匾窄，只要疾贤妒能。胜如己者害之，不如己者弄之。专在乡里害人”[84]。蒋门神强夺施恩的快活林，还把施恩打得两个月起不了床。镇关西强媒硬保金老汉的女儿翠莲为妾，还要父女俩卖艺挣钱。梁山英雄嫉恶如仇，对这类邪恶势力进行了无情的打击。他们一拒陈太尉，两赢童贯，三败高俅，武松醉打蒋门神，鲁达拳打镇关西。他们对良弱之人则给予了同情和帮助，武松帮施恩夺回了快活林，鲁智深解救资助了金老汉父女，还使桃花庄刘太公之女免遭强人强娶。舍伍德英雄也具有决不向恶势力低头的英雄行为和性格，高级贵族阶层的人如伯爵、男爵、大主教、主教、修道院院长等是他们的敌人，国王手下的官员最为他们所恨。罗宾汉对被俘的纽瓦克大修道院副院长说：“我就是要抢那玷污修道院的肥贼和一切像你这样的家伙。”“一到家里你就可以报告有个罗宾汉开始统治舍伍德森林，并且和一切压迫穷人的人为敌。”[85]雨戈 · 雷诺特贪婪残忍，压榨乡民。罗伯特 · 雷诺特贪婪成性，诡计多端。伊桑巴特 · 贝拉姆是“邪恶的约翰国王手下最邪恶的领主”[86]，他

---

81 Liu Bingshan, *A Short History of English Literature*, New Revised Edition, Zhengzhou: Henan People’s Publishing House, 1993, p. 20.

82 施耐庵、罗贯中著《水浒传》（上），北京：人民文学出版社，1975 年版，第 16 页。

83 施耐庵、罗贯中著《水浒传》（上），北京：人民文学出版社，1975 年版，第 193 页。

84 施耐庵、罗贯中著《水浒传》（中），北京：人民文学出版社，1975 年版，第 531 页。

85 查尔斯 · 维维安著《罗宾汉传奇》，穆旦、李丽君、杜运燮译，北京：中国文学出版社，1998 年版，第 15 页。

86 查尔斯 · 维维安著《罗宾汉传奇》，穆旦、李丽君、杜运燮译，北京：中国文学出

“鼻子像鹰钩，两眼闪着凶光”[87]，“称霸一方，鱼肉乡民”[88]。盖伊·吉斯本阴险毒辣。罗杰是有名的恶煞。罗宾汉及其伙伴对这些人进行了狠狠的打击，他们焚烧贝拉姆城堡，多次羞辱雨戈，射死罗伯特，绞死罗杰，剑毙盖伊。对于锄强扶弱的舍伍德英雄而言，平常善良的人如自由农民、厚道骑士、厚道乡绅等则是他们的朋友，受到他们的保护。梁山和舍伍德英雄对剥削压迫者勇猛无情，对人民群众则善良乐助，他们除暴安良，爱憎分明，深得人民拥护。当诺丁汉郡郡长重金悬赏捉拿罗宾汉时，乡民中“没有什么人认为值得去谋取缉拿他的那四十马克悬赏”[89]。在同官府对抗的过程中，乡下人“向他提供一切他所需要的援助”[90]。梁山和舍伍德英雄路见不平，拔刀相助，除暴安良，主持公道，体现出了感人致深的侠义精神，这种宝贵精神是现代社会所缺乏的。

（八）王权崇拜

在封建社会，国家最高统治者具有至高无上的权力。在中国，天子是万乘之尊，“溥天之下，莫非王土，率土之滨，莫非王臣”[91]。在英国，“国王无论是贤明还是昏庸，是一切封主的封主，惟有上帝和圣徒的地位高于国王”[92]。在国家最高统治权的争夺中，历来都是“成则为王，败则为寇”[93]。不管是正人君子还是流氓地痞，一旦登上最高统治者的宝座，便千方百计将自己的地位吹捧为神圣和合法。由于王权浩大无边，王者自吹自擂，在创世和救世英雄所焕发的原型情感中，在对社会秩序的认同中，产生和包含了对王权

版社，1998年版，第26页。

87 查尔斯·维维安著《罗宾汉传奇》，穆旦、李丽君、杜运夑译，北京：中国文学出版社，1998年版，第27页。

88 查尔斯·维维安著《罗宾汉传奇》，穆旦、李丽君、杜运夑译，北京：中国文学出版社，1998年版，第26页。

89 查尔斯·维维安著《罗宾汉传奇》，穆旦、李丽君、杜运夑译，北京：中国文学出版社，1998年版，第25页。

90 查尔斯·维维安著《罗宾汉传奇》，穆旦、李丽君、杜运夑译，北京：中国文学出版社，1998年版，第51页。

91 《诗经·小雅·北山》，阮元校刻《十三经注疏》上册，北京：中华书局，1980年版，第463页。

92 阿萨·勃里格斯著《英国社会史》，陈叔平、刘城、刘幼勤、周俊文译，北京：中国人民大学出版社，1991年版，第64-65页。

93 高振兴主编《四角号码汉语成语大词典》，延吉：延边大学出版社，1989年版，第1172页。

的崇拜。王权崇拜的一个结果是对君王的神化，一是历史典籍对君王的神化，二是文学作品对君王的神化。

首先，王权崇拜催生了历史典籍对君王的神化，如《史记 · 五帝本纪》载黄帝公孙轩辕："生而神灵，弱而能言，幼而徇齐，长而敦敏，成而聪明。"[94]《史记 · 五帝本纪》载帝喾高辛："生而神灵，自言其名。普施利物，不于其身。聪以知远，明以察微。"[95]《史记 · 五帝本纪》载帝尧放勋："其仁如天，其知如神。就之如日，望之如云。"[96]《史记 · 周本纪》载周族始祖后稷弃："姜原出野，见巨人迹，心忻然说，欲践之，践之而身动如孕者。居期而生子，以为不祥，弃之隘巷，马牛过者皆辟不践；徙置之林中，适会山林多人，迁之；而弃渠中冰上，飞鸟以其翼覆荐之。姜原以为神，遂收养长之。"[97]《汉书 · 高帝纪》载汉高祖刘邦："母媪尝息大泽之陂，梦与神遇。是时雷电晦冥，父太公往视，则见交龙于上。已而有娠，遂产高祖。"[98]《三国志 · 蜀书 · 先主传》载蜀先主刘备："舍东南角篱上有桑树生高五丈余，遥望见童童如小车盖，往来者皆怪此树非凡，或谓当出贵人。"[99]《南史 · 宋本纪》载太祖文皇帝刘义隆："景平初，有黑龙见西方，五色云随之。二年，江陵城上有紫云。望气者皆以为帝王之符，当在西方。"[100]《梁书 · 高祖本纪》载梁高祖武帝萧衍："生而有奇异，两胯骈骨，顶上隆起，有文在右手曰'武'。"[101]《陈书 · 高祖纪》载陈高祖陈霸先："身长七尺五寸，日角龙颜，垂手过膝。尝游义兴，馆于许氏，夜梦天开数丈，有四人朱衣捧日而至，令高祖开口纳焉。及觉，腹中犹热，高祖心独负。"[102]《北史 · 魏书》载圣武皇帝拓跋诘汾：

> 初，圣武帝尝率数万骑田于山泽，欻见辎軿自天而下。既至，见美妇人，侍卫甚盛。帝异而问之，对曰："我，天女也，受命相偶。"遂同寝宿。旦，请还，曰："明年周时，复会此处。"言终

94 司马迁撰《史记》第一册，北京：中华书局，1959年版，第1页。
95 司马迁撰《史记》第一册，北京：中华书局，1959年版，第13页。
96 司马迁撰《史记》第一册，北京：中华书局，1959年版，第15页。
97 司马迁撰《史记》第一册，北京：中华书局，1959年版，第111页。
98 班固撰《汉书》第一册，北京：中华书局，1962年版，第1页。
99 陈寿撰《三国志》第四册，北京：中华书局，1962年版，第871页。
100 李延寿撰《南史》一，北京：中华书局，2000年版，第25页。
101 姚思廉撰《梁书》，北京：中华书局，2000年版，第1页。
102 姚思廉撰《陈书》，北京：中华书局，2000年版，第1页。

> 而别，去如风雨。及期，帝至先所田处，果复相见。天女以所生男授帝曰："此君之子也，善养侍之。子孙相承，当世为帝王。"语讫而去。子即始祖也。故时人谚曰："诘汾皇帝无妇家，力微皇帝无舅家。"[103]

《魏书·太祖纪》载北魏道武帝拓跋珪："母曰献明贺皇后，初因迁徙，游于云泽。寝，梦日出室内，寤而见光自牖属天，欻然有感，以建国三十四年七月七日生帝于参合陂北，其夜复有光明。昭成大悦，群臣称庆，大赦，告于祖宗。保者以帝体重倍于常儿，窃独奇怪。明年有榆生于藏胞之坎，后遂成林。帝弱而能言，目有光曜，广颡大耳。"[104]《北史·齐本纪》载齐高祖神武皇帝高欢："目有精光，长头高权，齿白如玉，少有人杰表。家贫，及娉武明皇后，始有马，得给镇为队主。""神武自队主转为函使。尝乘驿过建兴，云雾昼晦，雷声随之，半日乃绝，若有神应者。每行道路，往来无风尘之色。又尝梦履众星而行，觉而内喜。"[105]《周书·文帝纪》载北周文帝宇文泰：

> 太祖，德皇帝之少子也。母曰王氏，孕五月，夜梦抱子升天，才不至而止。寤而告德皇帝，德皇帝喜曰："虽不至天，贵亦极矣。"生而有黑气如盖，下覆其身。及长，身长八尺，方颡广额，美须髯，长发委地，垂手过膝，背有黑子，婉转若龙盘之形，面有紫光，人望而敬畏之[106]。

《魏书·昭成皇帝本纪》载昭成皇帝拓跋什翼犍："身长八尺，隆准龙颜，立发委地，卧则乳垂至席。"[107]《隋书·高祖帝纪》载隋文帝杨坚："皇妣吕氏，以大统七年六月癸丑夜，生高祖于冯翊般若寺，紫气充庭。有尼来自河东，谓皇妣曰'此儿所从来甚异，不可于俗间处之。'尼将高祖置于别馆，躬自抚养。皇妣尝抱高祖，忽见头上角出，遍体鳞起。皇妣大骇，坠高祖于地。尼自外入见曰：'已惊我儿，致令晚得天下。'为人龙颔，额上有五柱入顶，目光外射，有文在手曰'王'。长上短下，沈深严重。"[108]《晋书·

103 李延寿撰《北史》一，北京：中华书局，2000年版，第2页。
104 魏收撰《魏书》一，北京：中华书局，2000年版，第6页。
105 李延寿撰《北史》一，北京：中华书局，2000年版，第135页。
106 令狐德棻等撰《周书》，北京：中华书局，2000年版，第1-2页。
107 魏收撰《魏书》一，北京：中华书局，2000年版，第5页。
108 魏征撰《隋书》一，北京：中华书局，2000年版，第1页。

武帝纪》载晋武帝司马炎、《晋书·苻坚载记》载前秦世主苻坚等等，亦有类似笔法，兹按而不表。

其次，王权崇拜催生了文学作品对君王的神化，如《诗经·大雅·生民》首二章：

厥初生民，
时维姜嫄。
生民如何？
克禋克祀，
以弗无子。
履帝武敏歆，
攸介攸止，
载震载夙。
载生载育，
时维后稷。

诞弥厥月，
先生如达。
不坼不副，
无菑无害，
以赫厥灵。
上帝不宁，
不康禋祀，
居然生子。
诞寘之隘巷，
牛羊腓字之。
诞寘之平林，
会伐平林。
诞寘之寒冰，
鸟覆翼之。
鸟乃去矣，
后稷呱矣。
实覃实訏，

厥声载路[109]。

《生民》是一篇关于周族始祖后稷的诗歌，凡六章。首二章描写后稷的诞生、成长的情况，尾四章叙述、讴歌后稷的业绩。上引第一章描写后稷的母亲受孕、怀胎、生产的经过，第二章叙述后稷的成长过程，在内容上跟《三皇本纪》关于后稷的记载基本一致，在风格上也充满了神话色彩，暗示了后稷的不同凡响。

王权崇拜的另一个结果便是忠君，忠君的迹象在梁山和舍伍德英雄身上清晰可见。宋江接任寨主后的第一件事，就是把前任晁该悬挂的“聚义厅”之匾换成了“忠义堂”，梁山的奋斗宗旨有了拓展，拓展出的“忠”是对皇帝、对朝廷的“忠心”。上梁山前阮小五芦苇荡舟时唱出了“忠心报答赵官家”[110]，上梁山后 108 人全伙受了招安，受招安后奉诏征辽、打方腊，宋江怕他死后李逵造反将李逵毒死，这种种现象均证明忠君是贯穿梁山事业之主线。罗宾汉在其言行中也处处表现了忠君的倾向。当他同乔装成骑士的理查德国王失之交臂时，他遗憾地对手下人说：“如果你们有谁再见到那位骑士，就向他跪下，恳求他宽恕。”[111]罗宾汉在同理查德国王进行掌力比赛时，对国王的功力表现出了极大的钦佩，对国王表示了极大的崇拜。

但是，中国自秦代始国家最高统治权以皇权的形式高度集中，皇帝不仅富有四海，而且对臣下具有生杀予夺的权力，君要臣死，臣不得不死，不死便是不忠，君要臣活，臣不得不活，不活便是不忠。秦代以后，皇权得到不断巩固和加强，并贯穿着整个中国封建社会史。在此影响之下，古代中国人比古代英国人对王权产生的崇拜更大。王权崇拜的极端就是对君主的愚忠，这在宋江身上有很好的体现。他把天子和贪官严格区分，只要是天子，无论何等昏庸无能，他都不分青红皂白地表示忠心。在罗宾汉身上体现出的则是理性的忠心。他既反对诺曼人对英国的异族统治，也反对“邪恶的约翰”[112]伯爵代理哥哥理查德对英国的统治，对于贤明的理查德国王则表现出了很大的

109 阮元校刻《十三经注疏》上册，北京：中华书局，1980 年版，第页。

110 施耐庵、罗贯中著《水浒传》(上)，北京：人民文学出版社，1975 年版，第 241 页。

111 查尔斯·维维安著《罗宾汉传奇》，穆旦、李丽君、杜运燮译，北京：中国文学出版社，1998 年版，第 132 页。

112 查尔斯·维维安著《罗宾汉传奇》，穆旦、李丽君、杜运燮译，北京：中国文学出版社，1998 年版，第 26 页。

忠诚。理查德国王被奥地利国王卢特波尔徒抓住并囚禁在格拉兹古堡，王后和王太后开始尽力在英国征收重税，以便敛足财款把他赎回。这期间，罗宾汉向约克郡的皇家法官交纳了450金马克，“供作天佑明主理查德国王赎金之用”[113]，并附了一张羊皮纸告诫说：“此系由本人罗宾汉下令为此用途交递，不可移作他用。”[114]斗转星移，时光飞逝，“后来海外传来噩耗说，理查德国王已在查卢斯城堡前中箭受伤阵亡。罗宾及其伙伴们为失去好国王和由坏国王约翰继位而哀痛”[115]。

王权崇拜对人民的消极影响是，它使他们产生了把社会理想寄托于某个贤君明主身上的倾向，这种倾向甚至在他们因无法忍受剥削压迫揭竿而起时依然时隐时现，阴魂不散。社会黑暗腐败的根本原因在于社会制度本身，皇帝或国王是社会制度的总代表，他们并不能超脱于罪恶深重的贵族官僚阶层之上，即使是贤君明主也不例外。把社会理想寄托于贤君明主身上不仅没有希望可言，甚至还会带来毁灭性的灾难。中国清代末期的义和团运动和英国中世纪晚期的瓦特·泰勒起义（Wat Tyler’s Rising）均因义军首领轻信最高统治者而招致了彻底失败，这些是用鲜血写成的沉痛的教训。梁山英雄将皇帝和贪官酷吏加以区别对待，批评家早已注意到这一点，鲁迅说梁山“不反对天子”[116]，毛泽东说“《水浒》只反贪官，不反皇帝”[117]。与梁山英雄一样，舍伍德英雄也是在打击对象上区别对待的。他们在邪恶的贵族、教会、代行国王之职的约翰同被敌国俘获的理查德之间划了一根界限，认为贵族、教会、国王约翰犯下的罪恶与理查德毫无关系，理查德是贤明的，他能匡扶正义，是英国的希望所在。为了寻回正义与光明，就必须将理查德从国外迎回，罗宾汉也为此作了一些努力。忠君使他们反抗暴政的斗争丧失了坚决性和彻底性，并使他们最终接受了招安以便重新做人。梁山和舍伍德英雄所具有的动摇性和妥协性是令人扼腕的，其中尤以梁山英雄为甚。

---

113 查尔斯·维维安著《罗宾汉传奇》，穆旦、李丽君、杜运燮译，北京：中国文学出版社，1998年版，第74页。

114 [英]查尔斯·维维安著《罗宾汉传奇》，穆旦、李丽君、杜运燮译，北京：中国文学出版社，1998年版，第74页。

115 查尔斯·维维安著《罗宾汉传奇》，穆旦、李丽君、杜运燮译，北京：中国文学出版社，1998年版，第156页。

116 鲁迅《三闲集·流氓的变迁》，《鲁迅全集》第四卷，北京：人民文学出版社，1981年版，第155页。

117 霞飞《毛泽东与〈水浒传〉》，《党史博采》，2013年第2期，第15页。

对于梁山英雄，鲁迅、毛泽东都作过精辟的点评。1930 年 1 月 1 日，鲁迅在上海《萌芽月刊》第 1 卷第 1 期发表题为《流氓的变迁》的文章，把梁山英雄视作奴才：

> 一部《水浒》，说得很分明：因为不反对天子，所以大军一到，便受招安，替国家打别的强盗——不“替天行道”的强盗去了。终于是奴才[118]。

1975 年 8 月 14 日，毛泽东在中南海住处同北京大学中文系女教师芦荻谈论《水浒传》，认为李逵、吴用、阮小二、阮小五、阮小七等梁山英雄是好的，问题出在宋江这样的领导人身上。他把梁山英雄的领袖斥责成投降派：

> 《水浒》只反贪官，不反皇帝。屏晁盖于一百零八人之外。宋江投降，搞修正主义，把晁的聚义厅改为忠义堂，让人招安了。宋江同高俅的斗争，是地主阶级内部这一派反对那一派的斗争。宋江投降了，就去打方腊。这支农民起义队伍的领袖不好，投降。李逵、吴用、阮小二、阮小五、阮小七是好的，不愿意投降。《水浒》这部书，好就好在投降。做反面教材，使人民都知道投降派[119]。

梁山和舍伍德英雄的结局，跟义和团运动和瓦特 · 泰勒起义极其相似。1899 年，朱红灯率领一支义和团在山东起事，其他各地义和团也纷纷响应，造成巨大声势，“在经过几度密议之后，清廷决定承认义和团的合法地位”，“几天之内，居民加入义和团的达十几万人，满、汉士兵也纷纷参加”[120]。1900 年 6 月，英、俄、日、美、德、法、意、奥八国联军入侵北京。清廷对义和团犒赏银、米，称义和团为“义民”。7 月，要求各地官兵剿灭义和团。1901 年 9 月，《辛丑条约》签订，“轰轰烈烈的义和团反帝爱国运动，在帝国主义势力及其走狗清廷的联合镇压下失败了”[121]。1381 年 5 月，在埃塞克斯和肯特郡农民起义。6 月初，肯特起义群众推举瓦特 · 泰勒为领袖。6 月 13 日，起义军攻占伦敦，两天内控制住整座城市。国王围困在伦敦塔（Tower of

118 鲁迅《三闲集 · 流氓的变迁》，《鲁迅全集》第四卷，北京：人民文学出版社，1981 年版，第 155 页。

119 霞飞《毛泽东与〈水浒传〉》，《党史博采》，2013 年第 2 期，第 15 页。关于毛泽东评《水浒传》的来龙去脉，详见：马涛《1975 年毛泽东“评〈水浒〉”内幕》，《党史纵横》，2011 年第 12 期，第 4-8 页。

120 白寿彝主编《中国通史纲要》，上海：上海人民出版社，1980 年版，第 430 页。

121 白寿彝主编《中国通史纲要》，上海：上海人民出版社，1980 年版，第 432 页。

London）内，被迫同起义军谈判。在第 14 天，国王会见起义军，谈判开始。次日，谈判继续进行，伦敦市长威廉·沃尔沃兹（William Walworth）突然“将起义军首领瓦特·泰勒（Wat Tyler）推下了马背，并随即杀死了他”[122]。随后，国王反攻倒算，起义军遭到追杀，约翰·保尔（John Ball）受酷刑而死，起义失败。梁山和舍伍德英雄重蹈了义和团运动和瓦特·泰勒起义的悲剧命运，他们的理想最终都破灭了。这充分说明，在封建社会中，农民寄希望于贤君明主是靠不住甚至极其危险的。敢问路在何方，路在自己脚下。法国革命家、无产阶级诗人、巴黎公社的主要领导人欧仁·埃丁·鲍狄埃（Eugène Edine Pottier，1816-1887）在著名诗篇《英特纳雄耐尔》（“Internationale”）中写道：“从来就没有什么救世主，也不靠神仙皇帝。要创造人类的幸福，全靠我们自己。”[123]

诚然，在阶级社会尤其是高度集权的封建社会，社会正统势力同社会叛逆势力间力量的悬殊往往是巨大的，忠君和由之而来的招安是社会叛逆者在泰山压顶时作出的无可奈何的痛苦选择。像梁山和舍伍德这样的绿林英雄若不接受诏安，要保存自己的力量，要发展壮大自己的力量是有可能的，但是要夺取国家政权、获得最后的成功又是极其困难的。不管怎样，梁山和舍伍德英雄因王权崇拜而最终招致理想破灭，这既令人痛心，又叫人同情。

二、梁山和舍伍德英雄的异质性

《水浒传》和《罗宾汉传奇》中英雄人物具有许多相似之处，但他们之间的差异也是较大的，下面就主要方面作一较为详尽的研究。

（一）儒生性质

梁山 108 名英雄中并非人人都身怀非凡的武艺，相反，有几位是没有什么武艺的，是具有儒生性质的英雄人物，但他们在梁山却占据着极为重要的地位。宋江毫无武艺可言，上梁山前是个文墨吏，上山后威信日高，晁盖死后他坐上第一把交椅，此后其为山寨之主的地位一直未变。吴用出身教书先生，上梁山智激林冲火并王伦后坐了第二把交椅，梁山英雄排座次后坐了第三把交

122 克莱顿·罗伯茨、戴维·罗伯茨、道格拉斯·比松著《英国史》上册，潘兴明等译，北京：商务印书馆，2016 年版，第 205 页。

123 E·鲍狄埃《国际歌·词》，《革命文艺》（音乐部分），杭州：浙江人民出版社，1972 年版，第 1 页。

椅。公孙胜在智取生辰纲活动中的作用一般，他在火并王伦夺取政权斗争中的作用远远不及林冲，但火并王伦后他坐了第三把交椅，林冲坐了第四把交椅。梁山英雄排座次后，他坐了第四把交椅，林冲坐了第六把交椅，地位也在林冲之上。这类具有儒生性质的英雄人物在舍伍德英雄中是绝无踪迹可求的。

在中国历史上的无数次农民起义中，但凡最终能成其大事者，一般皆为流氓无产者，西汉之刘邦（前 206-前 195 在位）、蜀国之刘备（208-223 在位）、后梁之朱温（907-912 在位）、宋之刘裕（420-422 在位）、明之朱元璋（1368-1398 在位），皆是明例。秀才造反，十年不成，儒生中是没有成王成帝之例的。陈人杰在《沁园春 · 丁酉岁感事》中写道：“麒麟阁，岂中兴人物，不画儒冠？”[124]李贺也在《南园》其五中写道：“请君暂上凌烟阁，若个书生万户侯？”[125]他们的总结都是有道理的。倘徒具秀才之才而没有治国之能，不仅不能开创帝王之业，甚至连已有的帝王之业都难于守住，南唐后主李煜（960-975 在位）、北宋徽宗赵佶（1100-1125 在位）即是例证。李煜精于书法，通于音律，工于绘画，善于文章，长于诗词，不过，开宝八年（公元 975 年），南唐国破，乃为宋人劫掳，成为阶下囚：“问君都有几多愁：恰似一江春水向东流。”[126]后为宋太宗赵光义（939-997）以牵机药毒死，抱恨辞世。赵佶自创瘦金书法，自成院体绘画，是罕有的艺术天才、全才，不过，靖康二年（公元 1127 年）四月，汴京沦陷，乃为金人劫掳，国破家亡：“天遥地远，万水千山，知他故宫何处。”[127]后卒于五国城（今黑龙江依兰），客死他乡。对于居皇帝宝座的李煜、赵佶来说，艺术天赋何补，文学才华何益？还不是山河沦丧，祖业丢失，终为天下笑柄。毛泽东在 1966 年 4 月 14 日的一个批示中说得很好，“书是要读的，但读多了是害死人的”，“许多无用

124 程郁缀选注《历代词选》，北京：人民文学出版社，2004 年版，第 620 页。

125 李贺著，王琦等注《李贺诗歌集注》，上海：上海古籍出版社，1977 年版，第 87 页。

126 李煜《虞美人》，王仲闻校订《南唐二主词校订》，北京：中华书局，2007 年版，第 11 页。当今诸本，用字、标点，不尽相同。或作：“问君都有几多愁，恰似一江春水向东流。”详见：程郁缀选注《历代词选》，北京：人民文学出版社，2004 年版，第 129 页；孔范今主编《全唐五代词释注》中，西安：陕西人民出版社，1998 年版，第 775 页。或作：“问君都有几多愁？恰似一江春水向东流。”详见：朱东润主编《中国历代文学作品选》中编第一册，上海：上海古籍出版社，1979 年版，第 438 页。

127 赵佶《燕山亭》，程郁缀选注《历代词选》，北京：人民文学出版社，2004 年版，第 388 页。

的书，只应束之高阁。就像过去废止读五经四书，读二十四史，读诸子百家，读无穷的文集和选集一样，革命反而胜利了”[128]。

元朝靠军事征服而建立起了地跨欧亚非三洲疆域空前广大的帝国，自然尚武薄文，因而士人的地位极其低下。据清代史学家赵翼《陔馀丛考》卷四十二所载，相传元朝社会共分十等，一官二吏三僧四道五医六工七猎八民九儒十丐，儒生排在倒数第二，地位仅高于乞丐。文学之为风骚，是因为以文学为核心的文化是对时代、社会和政治之讽刺与牢骚。《水浒传》著于元代，其中必然留下当时社会和政治的痕迹。换言之，小说通过对宋江、吴用、公孙胜等儒生类英雄人物的塑造和歌颂，充分论证和肯定了士人的价值和地位，抒发了对社会现实的不满，寄托了士人的社会、政治、人生理想。

儒生类英雄的典型和极致化便是帝王师。帝王师或称王者师，指的是士人的一种双重身分，既是君王的臣下，又是君王的导师，导师身份尤其显著。帝王师式的人物系儒生出身，虽无特别的武艺，但才略奇绝，同君王关系融洽，深得君王信任，手中一般握有大权。帝王师最早由战国时期的儒家思想家孟子提出，它是一种人生理想，即入世辅佐君王以建功立业，既实现自己的志向与抱负，同时又维护自己的人格与尊严。汉初，韩婴、司马迁等人继承了这种人生理想。由于《史记》的深远影响，帝王师的思想得到了传承不已的活力。但在现实的政治生活中，随着君权的强化，这种理想愈来愈远离现实，愈来愈象是一个美丽的梦。面对理想与现实的尖锐的矛盾冲突，一些作家便在文学作品中反复地圆这个帝王师的梦，而以通俗小说来圆这个梦的无疑首推明代的罗贯中，其《三国演义》中的诸葛亮即是这一化身[129]。继《三国演义》之后，中国小说史上又陆续出现了一批类似的艺术形象，如《女仙外史》中的吕师贞、《野叟曝言》中的文素臣、《说唐》中的徐茂公等。《水浒传》中的吴用没有雄壮威武之外表，倒有一副十足之儒生模样：

> 戴一顶桶子样抹眉梁头巾，穿一领皂沿边麻布宽衫，腰系一条茶褐銮带，下面丝鞋净袜；生得眉清目秀，面白须长[130]。

---

128 陈晋《中国革命党史研究》，转引自：《晚年毛泽东对读书的矛盾情结》，《文摘周报》，2014年9月12日，第10版。

129 陈洪、马宇辉《论〈三国演义〉中诸葛亮范型及其文化意蕴》，《南开学报》，1998年第2期，第38-39页。

130 施耐庵、罗贯中著《水浒传》（上），北京：人民文学出版社，1975年版，第180页。

他没有拳打脚踢、刀光剑影之非常武功，但却具备运筹帷幄、决胜千里之绝妙才华：

> 万卷经书曾读过，平生机巧心灵，六韬三略究来精。胸中藏战将，腹内隐雄兵。谋略敢欺诸葛亮，陈平岂敌才能，略施小计鬼神惊[131]。

从智取生辰纲、征辽到打方腊，在梁山所有重大政治军事活动中，吴用都发挥了至关重要的作用，是典型的儒生类帝王师式的英雄人物。这类英雄人物诞生于中国传统文化的特定氛围中，具有浓郁的中国色彩。在英国文化传统中，是没有将知识分子推到极高位置来尊崇的传统的，因此在《罗宾汉传奇》中是找不到像吴用这类英雄人物的踪影的。

（二）神异色彩

在中国的非神话志怪小说中，常可见神异事物的描述，如《三国演义》一开始便说，有“一条大青蛇，从梁上飞将下来，蟠于椅上”，“雌鸡化雄”，“黑气十余丈，飞入温德殿中”[132]。继而黄巾暴动，群雄并起，天下大乱。孙策怒斩于吉、孔明祭东风、玉泉山关公显圣等情节也有神仙鬼怪的性质。甚至在严肃的史书中，也有类似描述。如《国语》周幽王：“幽王二年，西周三川皆震。”“是岁也，三川竭，歧山崩。十一年，幽王乃灭，周乃东迁。”[133]《汉书》载刘邦隐于芒、砀山泽间之时，“所居上常有云气”[134]，天子之气也。《三国志》载刘备“舍东南角篱上有桑树生高五丈余，遥望见童童如小车盖”[135]。《水浒传》一开始就说，洪太尉误放了“三十六员天罡星，七十二座地煞星”[136]，继而有 108 个头目梁山聚义。梁山英雄已不是单纯的常人，其中有些人物具有明显的神仙怪异特征，如，宋江从九天玄女处得到三卷天书，戴忠在脚上捆上马甲后行走如飞，公孙胜作法时呼风唤雨、腾云驾雾等。文学作品中的人物形象一旦带上神异色彩，其形象便更加伟岸动人，更

131 施耐庵、罗贯中著《水浒传》（上），北京：人民文学出版社，1975 年版，第 181 页。

132 罗贯中著《三国演义》（上），北京：人民文学出版社，1973 年版，第 2 页。

133 《国语·周语上》，徐元诰撰，王树民、沈长云点校《国语集解》，北京：中华书局，2002 年版，第 26-27 页。

134 《高帝纪》，班固撰《汉书》第一册，北京：中华书局，1962 年版，第 8 页。

135 《蜀书·先主传》，陈寿撰《三国志》第四册，北京：中华书局，1962 年版，第 871-872 页。

136 施耐庵、罗贯中著《水浒传》（上），北京：人民文学出版社，1975 年版，第 15 页。

能对读者产生神奇的吸引力。《罗宾汉传奇》中的英雄里是没有这类的人物的，在对读者的吸引力方面自然要略逊一筹。

（三）尊重妇女

梁山英雄对妇女的态度是消极和落后的。《水浒传》中的妇女有两类，一是英雄类，如母大虫顾大嫂、母夜叉孙二娘、一丈青扈三娘等，她们是英雄谱上的人物，是小说予以肯定和歌颂的对象，但她们已被作者男性化，不再是传统意义上的女性形象。二是祸根类，如潘金莲、王婆、阎婆、阎婆惜、李鬼的老婆、潘巧云、卢俊义之妻贾氏等，她们是逼迫英雄上梁山的罪魁祸首，属坏女人之列，受到了梁山英雄无情的谴责和杀戮。潘金莲与西门庆通奸并毒死丈夫，结果被武松杀死，头颅作了武大郎的祭品。阎婆惜同张三通奸，借梁山来书敲诈恩人宋江，结果被宋江怒杀，身首异处。李鬼的老婆伙同丈夫沂岭剪径并告发李逵，结果被李逵手起一朴刀，当场搠死。潘巧云同和尚裴如海通奸，结果被杨雄杀死，心肝五脏被取出挂在松树上。卢俊义之妻贾氏同管家李固通奸、联手卖主，结果被卢俊义割腹剜心，凌迟处死。舍伍德英雄对待妇女的态度是积极和进步的。在罗宾汉给他手下人所订的约法中，包含有涉及妇女的内容："凭圣母起誓，你们可不要欺侮妇女。"[137]舍伍德英雄不但从来"没有欺侮过一个妇女"[138]，而且还积极保护妇女，对危难中的妇女伸出援助之手。罗宾汉警告其战俘盖伊·吉斯本说："对你们这些把妇女儿童逼得饥寒交迫的暴虐者，我是要算帐的。"[139]关于他们救助、保护妇女之具体行动，小说中有两处描述，一是救玛丽安，二是救艾丽塔。从语言上看，也能窥见他们对妇女的肯定和尊重。当罗宾汉哈哈一笑询问众兄弟玛丽安是否能当他们美丽的女王时，"小约翰把帽子扔到半空，喊道：'这真是一件快事！大家都来呀，向舍伍德女王欢呼三声！'他们一片欢声雷动"[140]。玛丽安去世后，"大家都敬爱她，为失去她而悲痛，罗宾汉本人则

137 查尔斯·维维安著《罗宾汉传奇》，穆旦、李丽君、杜运燮译，北京：中国文学出版社，1998 年版，第 15 页。

138 查尔斯·维维安著《罗宾汉传奇》，穆旦、李丽君、杜运燮译，北京：中国文学出版社，1998 年版，第 140 页。

139 查尔斯·维维安著《罗宾汉传奇》，穆旦、李丽君、杜运燮译，北京：中国文学出版社，1998 年版，第 12 页。

140 查尔斯·维维安著《罗宾汉传奇》，穆旦、李丽君、杜运燮译，北京：中国文学出版社，1998 年版，第 69 页。

更是悲伤得无法安慰”[141]。

男尊女卑是东西方传统文化的共同特征，但由于中国古代拥有更为严格的宗法制、专制主义、礼教，中国传统文化中男尊女卑的色彩更为浓厚。北宋是中国历代王朝中对女性束缚最多的朝代，梁山英雄对待妇女无情甚至残忍的思想和行动，正是中国尤其是北宋封建主义的法律和妇道观已主宰了人们的思想及行动之体现。古代的西方社会宗法观淡薄，也没有象中国那样严格的专制主义和礼教，它对女性加以束缚的同时又体现出了一定的宽容性。在舍伍德英雄生活的年代，尽管“法律规定中的妇女社会地位自诺曼征服以来已经大为贬低了”[142]，但是同中国北宋时期相比，妇女的地位理当要高一些。

（四）肯定爱情

在梁山英雄中，几乎见不到儿女私情，个人生活情趣受到排斥。晁盖“最爱刺枪使棒，亦自身强力壮，不娶妻室，终日只是打熬筋骨”[143]。宋江面对阎婆惜“是个勇烈大丈夫，为女色的手段却不会”[144]。李师师乃东京名妓，不仅有貌，而且有才，连徽宗皇帝赵佶都抗不住诱惑，拜倒在她石榴裙下。然而，面对李师师的百般挑逗，燕青“却是好汉胸襟”[145]，丝毫不为所动，更无越轨行为。王英好色，但最后还是个人服从群体，宋江代表组织，出面安排扈三娘给他作配偶，扈三娘也无异议地服从了领导的安排。对于王英之好色，小说是予以否定的，这可以从宋江、燕顺、郑天寿等人的态度上看出来，《水浒传》第三十二回：

> 王矮虎是个好色之徒，见报了，想此轿子必是个妇人，便点起三五十小喽啰，便要下山。宋江、燕顺那里拦当得住。绰了枪刀，敲一棒铜锣，下山去了。宋江、燕顺、郑天寿三人自在寨中饮酒。那王矮虎去了约有三两个时辰，远探小喽啰报将来说道：“王头领直赶

141 查尔斯·维维安著《罗宾汉传奇》，穆旦、李丽君、杜运燮译，北京：中国文学出版社，1998 年版，第 179 页。

142 阿萨·勃里格斯著《英国社会史》，陈叔平、刘城、刘幼勤、周俊文译，北京：中国人民大学出版社，1991 年版，第 63 页。

143 施耐庵、罗贯中著《水浒传》（上），北京：人民文学出版社，1975 年版，第 174 页。

144 施耐庵、罗贯中著《水浒传》（上），北京：人民文学出版社，1975 年版，第 273-274 页。

145 施耐庵、罗贯中著《水浒传》（下），北京：人民文学出版社，1975 年版，第 1109 页。

到半路里，七八个军汉都走了，拿得轿子里抬着的一个妇人。只有一个银香盒，别无物件财帛。”燕顺问道：“那妇人如今抬在那里？”小喽啰道：“王头领已自抬在山后房中去了。”燕顺大笑。宋江道：“原来王英兄弟要贪女色，不是好汉的勾当。”燕顺道：“这个兄弟诸般都肯向前，只是有这些毛病。”宋江道：“二位和我同去劝他。”燕顺、郑天寿便引了宋江，直来到后山王矮虎房中[146]。

王矮虎十分贪恋女色，打劫一妇人上山要成双成对。对于他贪色这件事情，宋江评论说“不是好汉的勾当”，燕顺评论说这是“毛病”，郑天寿虽然口上没有说什么，但是心里却是同宋江、燕顺想的差不多的，不然，当宋江、燕顺要去劝阻王矮虎的时候，他就不会在前面带路、领他们“直来到后山王矮虎房中”了。到了王矮虎房中后，宋江作了劝说：“但凡好汉，犯了‘溜骨髓’三个字的，好生惹人耻笑。”[147]

在舍伍德英雄中，完全可见儿女私情，个人生活情趣受到重视。小说中涉及舍伍德英雄的爱情故事有两个，一是罗宾汉和玛丽安，一是山谷艾伦和艾丽塔。玛丽安“身材苗条，肤色白皙。据史家说，她有着蓝色的大眼睛和一头金发，是一个十分美丽的姑娘”[148]。她钟情于罗宾汉，但领主伊桑巴特却要强娶她。罗宾汉冒着生命危险把她从魔窟中救出，最后两人结为百年之好。他俩的爱情也是真诚而热烈的：

罗宾走上前拉住玛丽安的手。

“别忘了在舍伍德也有一个国王哩，玛丽安，”他说，“你愿意在做舍伍德女王的同时也做我的王后吗？”

“非常愿意，”她答道，“我有生以来从未见过像你这样的男子，从今天起我的自由和其他一切都是靠你得来的。”[149]

其他舍伍德英雄对罗宾汉救美娶美之事持的是支持和拥护的态度，他们

146 施耐庵、罗贯中著《水浒传》(上)，北京：人民文学出版社，1975 年版，第 436 页。

147 施耐庵、罗贯中著《水浒传》(上)，北京：人民文学出版社，1975 年版，第 437 页。

148 查尔斯·维维安著《罗宾汉传奇》，穆旦、李丽君、杜运燮译，北京：中国文学出版社，1998 年版，第 68 页。

149 查尔斯·维维安著《罗宾汉传奇》，穆旦、李丽君、杜运燮译，北京：中国文学出版社，1998 年版，第 69-70 页。

不仅追随他参与了营救玛丽安的行动，而且对于他娶玛丽安的决定也毫无异议。此外，舍伍德英雄还冒着生命危险帮美丽的歌者山谷艾伦夺回了心上人艾丽诺，使有情人终成眷属。

中国传统文化具有节欲、抑欲和灭欲的特点。这可上溯至先秦诸子，如孔子主张克己复礼，孟子主张寡欲养心，荀子主张以道制欲，老子、庄子主张无欲，墨子主张非乐，他们的共通之处是主张节制欲望，把七情同六淫相提并论，由此奠定了传统文化节欲的基调。《论语·八佾》："《关雎》乐而不淫，哀而不伤。"[150]《史记·乐书》："君子乐得其道，小人乐得其欲。以道制欲，则乐而不乱；以欲忘道，则惑而不乐。"[151]先秦以后，这种节欲的价值观一直得以传承。西汉末年，佛教传入中国，随着佛经翻译事业的发展，佛教教义在中国流传[152]，佛教逐渐与儒家、道家等中国本土文化合流。佛教主张以灭人欲、忍耐顺从的方式来达到修来世之终极目的，对欲是抱着否认态度的，《西游记》第二十三回："出家立志本非常，推倒从前恩爱堂。"[153]节欲之价值观在南宋理学中得到了极大的强化，朱熹是其集大成者。他认为，物欲是一切罪恶的根源，天理和人欲是水火不容、有你无我的关系："人之一心，天理存，则人欲亡；人欲胜，则天理灭，未有天理人欲夹杂者。"[154]因此，他主张存天理、灭人欲，算是把节欲、抑欲和灭欲推到了极致，就连人的某些正常欲望也无情否定了，难怪曹庆顺等在《比较文学学科理论研究》一书中总结道："中国传统中存在着'存天理，灭人欲'的倾向，具有

150 阮元校刻《十三经注疏》下册，北京：中华书局，1980 年版，第 2468 页。

151 司马迁撰《史记》第四册，北京：中华书局，1959 年版，第 1212 页。

152 佛教传入中国并在中国发展同佛经之翻译密切相关。西汉哀帝元寿元年（公元前 2 年），大月氏使臣伊存来到长安，博士弟子景庐从伊存口授浮屠经。这是中国佛经翻译之滥觞，但只是佛经之口头翻译。东汉明帝时，蔡愔自印度研究佛学归来，在雒阳建寺译经，中国开始有汉译本佛经。东汉末年，安息僧人安世高、月氏僧人支谶等相继来到雒阳，翻译佛经。汉人严浮调从安世高学经，并参与翻译。从此，佛教教义在中国国流传。详见：张传玺主编《简明中国古代史》（第三版），北京：北京大学出版社，1999 年版，第 247 页；马祖毅著《中国翻译简史》（增订本），北京：中国对外翻译出版公司，1998 年版，第 18-95 页；张培基、喻云根、李宗杰、彭谟禹编著《英汉翻译教程》，上海：上海外语教育出版社，1980 年版，第 1-5 页。

153 吴承恩著《西游记》（上），北京：人民文学出版社，1980 年版，第 294 页。

154 朱熹《学七·力行》，黎靖德编、王星贤点校《朱子语类》第一册，北京：中华书局，1994 年版，第 224 页。

‘非性文化’的特点。”[155]《格言联璧》：“贪利者害己，纵欲者戕生。”[156]“无欲之谓圣，寡欲之谓贤；多欲之谓凡，徇欲之谓狂。”[157]钱守璞《赠夫联》：“人生惟酒色机关，须百炼此身成铁汉；……”[158]又，《格言联璧》：

> 人之心胸，多欲则窄，寡欲则宽。
>
> 人之心境，多欲则忙，寡欲则闲。
>
> 人之心术，多欲则险，寡欲则平。
>
> 人之心事，多欲则忧，寡欲则乐。
>
> 人之心气。多欲则馁，寡欲则刚[159]。

正是由于如此，在中国传统文化中，英雄形象光辉、人人敬仰，当然应同爱情、女色一刀两断，英雄非好色，好色非英雄。这种价值观必然要在文学作品中反映出来，文学作品中的英雄便同爱情分道扬镳了。易中天对这一现象作过研究，《中国的男人和女人》：

> 中国古代的传奇故事，好像有严格的分工和界限：说爱情的专说爱情，说英雄的专说英雄。爱情传奇中少有英雄行为，英雄传奇中又难觅爱情色彩。在爱情传奇中，要么是死去活来地爱，要么是始乱终弃的赖，要么是生离死别的哭，要么是棒打鸳鸯的坏，都与英雄无关。在英雄传奇中，有的只是刀光剑影，血迹人头，月黑杀人夜，风高放火天，全无半点浪漫温馨[160]。

当然，在中国文学史上，也有宫体诗、《金瓶梅》这样为数不少的香艳之作，但毕竟不是文学的主流。在《水浒传》中，英雄一般不近女色，梁山英雄成了否定爱情、远离女色的铁石汉子，就是顺理成章、一点也不奇怪的事情了。

西方传统文化对人的正常欲望则持某种肯定态度，这可追溯至希腊神话。爱神在希腊神话中是最古老的神，她使万物更新，给予人类幸福，柏拉

---

155 曹庆顺等著《比较文学学科理论研究》，成都：巴蜀书社，2001年版，第305页。

156 兰陵堂存版，金缨、张琪校注《格言联璧》，武汉：湖北人民出版社，1994年版，第214页。

157 兰陵堂存版，金缨、张琪校注《格言联璧》，武汉：湖北人民出版社，1994年版，第22页。

158 谷向阳、刘太品编著《对联入门》，北京：中华书局，2007年版，第41页。

159 金缨、张琪校注《格言联璧》，兰陵堂存版，武汉：湖北人民出版社，1994年版，第23页。

160 易中天著《中国的男人和女人》，上海：上海文艺出版社，2006年版，第7页。

图《文艺对话集·会饮篇——论爱美与哲学修养》："爱神是一个伟大的神，在人与神之中都是最神奇的。这表现在许多方面，尤其在他的出身。他是一位最古老的神，这就是一个光荣。"[161]"爱神不仅是最古老的，而且是人类最高幸福的来源。"[162]"爱神在诸神中是最古老，最尊严的，而且对于人类，无论是生前还是死后，他也是最能引起德行和幸福的。"[163]希腊神祇在爱情方面好走极端，婚姻乱伦，贞洁观念淡漠，感情生活放纵，两性关系混乱。宙斯（Zeus）娶了赫拉（Hera）为妻，赫拉是他姐姐。用中国传统道德标准来衡量，宙斯是希腊神界的最高领导，却没有最高领导应有的道德修养，这是绝对叫人无法接受的。有一种传说，在他"宣布赫拉为自己的妻子和天后以前，他俩已秘密同居了300年"[164]，活脱脱一副老流氓的嘴脸。他沾花惹草，放纵情欲，子女遍布天上人间。苏联俄罗斯联邦教育部国家教科书出版社列宁格勒分社1961年版《神话辞典》载：

> 赫拉成为他的妻子，他们的子女是阿瑞斯、赫柏，按另一些神话说，还有赫淮斯托斯。此外，他还同别的女神生了许多子女：同勒托（拉托娜）生阿波罗和阿耳忒弥斯，同得墨忒耳生珀耳塞福涅，同迈亚生赫耳墨斯，同狄俄涅生阿佛洛狄特，同忒弥斯生时序女神和命运女神，同欧律诺墨生美惠女神。宙斯还同凡间女子塞墨勒生狄俄倪索斯。希腊的贵族都力求把自己说成是宙斯的后裔，因此就出现许多关于宙斯同凡间妇女发生爱情关系的传说。神话中的希腊名门望族的始祖都被认为是出于这种关系而降生的。例如宙斯同阿尔克墨涅生赫剌克勒特，同勒达生海伦和波吕丢刻斯，同达那厄生珀耳修斯，等等[165]。

宙斯风流成性，其他神祇亦不甘落后。太阳神阿波罗（Apollo）对神女达

161 柏拉图著《文艺对话集》，朱光潜译，北京：人民文学出版社，1963年版，第220页。

162 柏拉图著《文艺对话集》，朱光潜译，北京：人民文学出版社，1963年版，第221页。

163 柏拉图著《文艺对话集》，朱光潜译，北京：人民文学出版社，1963年版，第224页。

164 M. H.鲍特文尼克、M. A.科甘、M. Б.帕宾诺维奇、Б. П.谢列茨基编著《神话辞典》，黄鸿森、温乃铮译，北京：商务印书馆，1985年版，第139页。

165 M. H.鲍特文尼克、M. A.科甘、M. Б.帕宾诺维奇、Б. П.谢列茨基编著《神话辞典》，黄鸿森、温乃铮译，北京：商务印书馆，1985年版，第335-336页。

佛涅（Daphne）产生强烈爱情，但她却对他深感厌恶，他奋力追赶，她竭力奔跑，就在他快追上她时，她变成了一棵月桂树，他把所有枝干都搂在怀里，狂热亲吻，还用树枝做成王冠，戴在头上。牧人之神、牧歌之神潘（Pan）爱上山林仙女、水泽神女绪任克斯（Syrinx），她为逃避他的追逐而躲入阿耳卡狄亚的拉冬河里，最后变成了河中的一棵芦苇，他就用这棵芦苇制成牧笛，供自己吹奏。古罗马诗人奥维德（Ovid，全名 Publius Ovidius Naso，帕布利厄斯·奥维德厄斯·纳索，前 43-约 17）的叙事诗《变形记》（*Metamorphoses*）是古希腊、罗马神话和英雄传说的汇编，诗中的天神相互倾轧、搬弄是非，异性天神之间关系混乱、通奸偷情，可谓乌烟瘴气、目不忍睹。神话不是凭空产生的完全的虚幻之物，神话是社会的浪漫主义的文学的反映。希腊神话对待爱情、对待性的态度是以希腊为代表的西方社会的价值取向的曲折反映。希腊神话中爱神的地位与众神的爱情故事奠定了西方传统文化肯定欲望的基调。爱情在西方传统文化中占有重要地位，《文艺对话集·会饮篇——论爱美与哲学修养》："一个人想要过美满的生活，他的终身奉为规范的原则就只有靠爱情可以建立；家世，地位，财富之类都万万比不上它。"[166]萨福（Sappho，约前 612-？）、希西阿德、阿里斯托芬（Aristophanes，约前 446-约前 385）、杰佛利·乔叟（Geoffrey Chaucer，约 1340-1400）等人对爱情是热情歌颂的。萨福诗歌第 14 首：

少女们
通宵歌唱
你和新娘的爱情。她的乳房
　　好似幽谷芳兰[167]。

英国的爱情诗歌大概可以追溯至盎格鲁-萨克森时期押头韵的抒情作品《妻子的哀怨》（"The Wife's Lament"）和《丈夫的音信》（"The Husband's Message"）。《妻子的哀怨》和《丈夫的音信》可能是英国文学史上最早的爱情诗歌，反映的是男女分离所带来的孤独、痛苦。《妻子的哀怨》又题《少女的抱怨》（"The Maiden's Complaint"），大约出现于 900 年。这首诗歌长 58

166 柏拉图著《文艺对话集》，朱光潜译，北京：人民文学出版社，1963 年版，第 221 页。

167 《"萨福"：一个欧美文学传统的生成》，田晓菲编译，北京：生活·读书·新知三联书店，2003 年版，第 74 页。

行，描写的是一位女子的哀怨情绪。她由于受到公公、婆婆的指责而被驱逐，不能同自己相爱的丈夫团聚，因而心怀哀怨，情意绵绵。《妻子的哀怨》第1-5行：

我唱着一曲没有休止的伤心的歌，
我苦恼的故事，我悲哀的沉重，
现在的悲哀，过去的悲哀，
永无尽头的流亡和悲痛的悲哀，
作少女以来从未超越的现在的悲哀[168]。

在这5行诗句里，使用了5个表示情绪的名词“伤心”（“sorrow”）、“苦恼”（“trouble”）、“悲哀”（“woe”）、“沉重”（“weight”）与“悲痛”（“grief”），配上了2个形容词“没有休止”（“unceasing”）与“永无尽头”（“never-ending”），采用了3个“某某悲哀”（“Woe of”）构成的反复手法，一层一层地推进，一步一步地强化，诗歌叙述人因丈夫不在身边而引发的精神痛苦的状况便成功地描写出来了。

《丈夫的音信》又题《情人的消息》（“The Lover's Message”），大概出现于950年。这首诗歌长54行，记述的是一位遭遇流放的男子的寂寞心情。他把思念用诗歌刻在一快木板上传递给心爱的妻子，告诉她等待来年春暖花开、布谷鸟啼叫时与她团聚，表现出了对崇高爱情的赞美。《丈夫的音信》第26-29行：

去大海，海鸥的家园，
登上一艘可以带你到南方的航船，
远离这里走水路达到一个地方
你的丈夫和主人都渴望你的到来[169]。

这4行诗句以想象的手法描写信使为丈夫给妻子传送消息的情况，字里

168 原诗为：“A song I sing of sorrow unceasing, / The tale of my trouble, the weight of my woe, / Woe of the present, and woe of the past, / Woe never-ending of exile and grief, / But never since girlhood greater than now.” Translated by Charles Kennedy, 详见：Helen McDonnell, Neil E. Nakadate, John Pfordresher, Thomas E. Shoemate, *England in Literature*, Glenview: Scott, Foresman and Company, 1979, p.45.

169 “Go down to the sea, the gull's home, / And come to a ship that can carry you south, / Away out on the water to where / Your husband and lord longs for your coming.” Translated by Burton Raffel, see: Helen McDonnell, Neil E. Nakadate, John Pfordresher, Thomas E. Shoemate, *England in Literature*, Glenview: Scott, Foresman and Company, 1979, p.44.

行间充满了思念、渴望、期待、浪漫。

乔叟《冷酷的美人》（“Merciless Beauty”）：

你两只大眼会一下子杀死我；
它们的美震撼了我的平静；
迅疾而猛利地刺入了我的心。

当伤处还新鲜的时候，只有
你的言语能医好我被创的心——
　　你两只大眼会一下子杀死我；
　　它们的美震撼了我的平静。

我非常忠实地对你说，你是
我的王后，不论我已死，尚生；
将来我的死会证明全部实情。
　　你两只大眼会一下子杀死我；
　　它们的美震撼了我的平静；
　　迅疾而猛利地刺入了我的心[170]。

这是一首回旋诗 (rondel) [171]。回旋诗原为十四世纪流行于法国的一种诗体，格律不一，各种之间略有差异。乔叟套用的这首诗歌体现了中古英语诗歌时期的单纯与真率。

十五世纪英国文学的一大重要、显著的特征是民间文学尤其是民间歌谣出现繁荣景象。在十五世纪英国民谣中，最常见之一的是反映爱情的主题，有不少作品都表现了当时普通英国人民对爱情真挚和热切的追求，大胆歌唱了忠贞的爱情，如《西风啊》（“Western Wind”）、《不平静的墓地》（“The

---

170 原诗为：“Youre yën two wol slee me sodeinly: / I may the beautee of hem nat sustene, / So woundeth it thurghout myn herte keene. // And but youre word wol helen hastely / Myn hertes wound, whil that it is greene, / Youre yën two wol slee me sodeinly: / I may the beautee of hem nat sustene. // Upon my trouthe, I saye you faithfully / That ye been of my lif and deeth the queene, / For with my deeth the trouthe shal be seene. / Youre yën two wol slee me sodeinly: / I may the beautee of hem nat sustene, / So woundeth it thurghout myn herte keene.”详见：*The Norton Anthology of English Literature*, Sixth Edition, Volume 1, New York and London: W. W. Norton & Company: 1986, p.196.译诗引自：《英国历代诗歌选》上册，屠岸选译，南京：译林出版社，2007 年版，第 26 页。

171 rondel：或译“小回旋诗”、“轮旋诗”与“回旋曲”。

Unquiet Grave”)、《查尔德 · 瓦特斯》(“Child Waters”)、《克康涅尔的海伦》(“Helen of Kirkconnell”)等，即是这样的作品。其中，《西风啊》直抒胸臆，值得一提：

西风啊，你什么时候吹起来？
小雨会下降。
基督啊，但愿我怀里再抱着爱人，
我再在床上[172]。

第一、三句各含 4 个重音，第二、四句各有 3 个重音，全诗押韵方式为 abcb。前二句像是起兴之句，后二句才是抒发感情，在气蕴上，前后形成了反差。前二句以间接、纯粹浪漫主义的笔触，祈求西风与细雨，以便打发因心上人不在眼前而产生的寂寞、无奈；后二句语气激转，以直接、赤裸裸现实主义的笔墨，抒发盼望心上人回到身边的急切心情。在诗歌中涉及爱情并无什么特别之处，这首民谣的特别之处在于它对爱情渴求的大胆与直露，俨然艳歌格调。

《不平静的墓地》魂牵梦绕，也值得一提：

一

“今天确实起风了，我的爱人，
还洒落了几滴小小的雨珠；
我绝对只有一个真正的爱人，
她就躺在这冰冷的坟墓。”

二

“我要为我真正的爱人做许多的事情
就像任何一个年轻小伙会做的那样；
我要哀悼一切就倚坐在她的坟茔
一年四季冷热炎凉。”

三

就要到一年前的今天，
死者开始了说话：
“啊，是哪个在我墓前哭泣，

172 《英国历代诗歌选》上册，屠岸选译，南京：译林出版社，2007 年版，第 26 页。

也不让我得到安眠？”

四

“我的爱人啊，是我坐在你的墓前，
也不让你得到安眠；
因为我渴望亲吻你冰冷的嘴唇，
这就是我寻求的全部事情。”

五

“你渴望亲吻我冰冷的嘴唇，
可是我呼吸中的泥土味太强；
如果你亲吻了我冰冷的嘴唇，
你的时间就不会久长。”

六

“在那边有一处绿色的花园，
爱人，那是我们过去常走的地方，
以前看到的最鲜艳的花朵
已萎缩变成了一根枯秆。”

七

“这根花茎枯萎了，我的爱人，
我们的心脏也会竭衰；
所以要让你自己满意啊，我的爱人，
直到上帝叫你离开。”[173]

173 原诗为："1 The wind doth blow today, my love, / And a few small drops of rain; / I never had but one true-love, / In cold grave she was lain. // 2 I'll do as much for my true-love / As any young man may; / I'll sit and mourn all at her grave / For a twelvemonth and a day // 3 The twelvemonth and a day being up, / The dead began to speak: / Oh who sits weeping on my grave, / And will not let me sleep? // 4 Tis I, my love, sits on your grave, / And will not let you sleep; / For I crave one kiss of your clay-cold lips, / And that is all I seek. // 5 You crave one kiss of my clay-cold lips, / But my breath smells earthy strong; / If you have one kiss of my clay-cold lips, / Your time will not be long. // 6 Tis down in yonder garden green, / Love, where we used to walk, / The finest flower that ere was seen / Is withered to a stalk. // 7 The stalk is withered dry, my love, / So will our hearts decay; / So make yourself content, my love, / Till God calls you away." Translated by Charles Kennedy，详见：Helen McDonnell, Neil E. Nakadate, John Pfordresher, Thomas E. Shoemate, England in Literature, Glenview: Scott, Foresman and Company, 1979, p.61.

十五世纪，英国书面文学出现相对衰退的现象，但口头文学却呈现出了相对繁荣的局面。这一时期，民间诗歌的创作十分活跃，大量引人入胜的通俗歌谣在民间广泛流传。从现存的民谣来看，最早的创作时间可追溯至十三世纪，但大部分还是在十五世纪才用书面形式纪录下来的。现存最著名的民谣集见于十八世纪英国著名诗人、收藏家、德罗莫尔主教托马斯·珀西（Thomas Percy, 1729-1811）第一次编辑出版的《古代英语诗歌遗产》（*Reliques of Ancient English Poetry*, 1765）。现存最广泛的民谣集见于 1882 年至 1998 年间美国语言学家弗兰西斯·詹姆斯·柴尔德（Francis James Child, 1825-1896）出版的五卷本《英格兰、苏格兰民谣》（*English and Scottish Popular Ballads*），收入民谣 305 首，大多数属于十五世纪的作品，主要是英格兰民谣，也有部分是苏格兰民谣。《不平静的墓地》的年代可以推至 1400 年，在弗兰西斯·詹姆斯·柴尔德 1868 年收集的《柴尔德民谣》（*The Child Ballads*）中编号 78，是一首英格兰民谣，主题是歌颂爱情。它采取对话的形式，抒发了坚贞的爱情。对话的一方是坟墓之外的男子，另一方是坟墓中的女子，从第二章前二句“就像任何一个年轻小伙会做的那样”来看，坟墓之外的男子是年轻人，由此推断，坟墓中躺着的可能也是年轻人，至于他们是已婚夫妻还是未婚朋友就难于判断了。但是有一点是可以肯定的，那就是，他们是一对相互爱恋、依依不舍的男女青年。男青年在坟头悼念亡人，自言自语，情真意切，感情缠绵，凄楚动人。在男青年述说相思之情以后，墓中人开口说话，抱怨男青年的哀悼扰乱了她的宁静。他向她回忆了昔日两人一起度过的美好生活，物是人非，平添了几分悲情。他请求亲吻她，她予以拒绝，其解释是，亲吻她将会要了他的生命。他坚持要同她共死，她也加以拒绝，其理由是同死将导致两颗心的腐烂，所以他应该继续活下去，继续享受现有的生活。乍一看，她对他是很无情的，其实不然，她对他的拒绝恰恰蕴含着她对他深厚的感情。这个角度看，他们之间的感情并非剃头匠的挑子一头冷一头热，而是双向的、对等的，这就加强了爱情歌颂的力度，提高了这首诗歌的艺术感染力。

十五世纪英国民谣中有特别意义、最负盛名的是《罗宾汉民谣集》（*The Robin Hood Ballads*），民谣集中最长的一首是《罗宾汉英雄事迹小唱》（*The Little Geste of Robin Hood*）。罗宾汉是个生活于理查德一世（Richard I，1157-1199，known as Richard Coeur de Lion or Richard the Lionheart，以“狮心理查德”闻名）统治时期（1189-1199）的传奇式人物，抑强扶弱，劫富济贫。《罗宾汉民谣集》中的民谣以诗歌的形式描写他及其绿林好汉，是根据历史事件创作而成的，真实地反映了当时英国人民的喜爱与憎恨、希望与失望，以其简朴而具有强烈戏剧性效果的诗歌风格成为十五世纪英国文学宝库中的重要财富[174]。《罗宾汉传奇》同罗宾汉民谣应该具有千丝万缕的联系，它对爱情加以肯定就不难于理解了。

较之盎格鲁-撒克逊时期，英国中世纪的抒情诗在活泼、精巧、含蓄和感情丰富、题材多样化方面有所发展[175]。自十五世纪以后，英国文学歌颂爱情的传统继续得以传承，延续不断。威廉·莎士比亚（William Shakespeare, 1564-1616)、威廉·华兹华斯(William Wordsworth, 1770-1850)、罗伯特·彭斯(Robert Burns，1759-1796)、伊丽莎白·巴莱特·勃朗宁（Elizabeth Barrett Browning，1806-1861）等许多文学大师都曾热情洋溢地歌颂过爱情。彭斯《芦苇长得青又青啊》（“Green Grow the Rashes”）第二章：

　左右前后都是忧患，
每时每刻都发愁啊，
　人生还有什么活头，
要不是为了姑娘们啊[176]。

勃朗宁《葡萄牙人的十四行诗》（*Sonnets from the Portuguese*）第十首：

是爱，就没有卑下，即使是最卑贱的人亦可
耽于爱情。当卑贱的生命献爱予上帝，
上帝接受了它，并回赐予爱[177]。

在西方传统文化影响之下，英雄一般和美女相配，故舍伍德英雄对爱情是持肯定态度的。

三、梁山和舍伍德英雄比较研究的反思

《水浒传》和《罗宾汉传奇》中的英雄人物既有很多相似之处，又有一

174 侯维瑞主编《英国文学通史》，上海：上海外语教育出版社，1999 年版，第 52 页。

175 侯维瑞主编《英国文学通史》，上海：上海外语教育出版社，1999 年版，第 23 页。

176 原诗为：“There's nought but care on ev'ry han', / In ev'ry hour that passes O; / What signifies the life o' man, / An' twere na for the lasses O”详见：*Robert Burns Selected Poems*, London: Penguin Books, 1996, 261.译诗引自：《彭斯抒情诗选》，袁可嘉译，长沙：湖南文艺出版社，1996 年版，第 303 页。

177 《勃朗宁夫人诗选》，袁芳远、张清福、张玉平、董莉译，石家庄：花山文艺出版社，1995 年版，第 125 页。

些差异，可谓同中有异、异中有同，但相似之处是居主导地位的。这些英雄人物身上所体现出来的诸多相似性说明，中英文化是具有不少共性的，也是包括中西方在内的不同种族的共性。人是高级生物，也是复杂的生物，这种复杂性的一个表现是，人是既有优点、又有缺点的，换言之，人是优点和缺点的统一体，只有优点而没有缺点的人是找不到的；反之亦然。《水浒传》和《罗宾汉传奇》中的英雄人物既有许多优点，又有一些缺点，但优点是居主导地位的。所不同的是，梁山英雄身上的优点显著，缺点也突出，这使其整个艺术形象宛如蚕丛险峰与野涧瀑布，呈现出了既险恶又奇美之特征，从而产生了更加震撼人心的艺术魅力。

比较文学法国学派是“求同忘异”，美国学派是“求同拒异”，中国比较文学以前是“求同不知异”，三家都忽略了“异”的问题。曹顺庆说：“当前世界解构主义思潮和跨文明研究这两大学术前沿有一个共同点，那就是关注差异性。在当今的学术研究中，差异性问题实际上已经成为一个核心问题。”[178]“当今我们的比较文学研究既要寻求文学现象背后的共通规律，又要关注文学流传过程中的变异性与不同文明间文学的异质性因素。以前我们比较文学研究只求同，不重异，从法国学派、美国学派，到我们中国学者都没有注意到不同文明之间的文学交流中呈现出来的差异性，但事实上差异性是更为重要的内容，想把比较文学推向一个更高的层次，进行更深入的研究，那就要在比较文学变异学所提出的异质性上下功夫。”[179]无独有偶，辜正坤也说：

> 我认为比较文学的研究重点应该放在研究异语异族异国文学的差异方面。在一般情况下，相似点越多的异类文学，其比较价值越低。相似点越少的异类文学，其比较价值越大。或者说差异越大的异类文学，其比较价值越大；差异越小的异类文学，其比较价值越小。即异类文学的比较价值与其差异点的数量成正比，与其相似点的数量成反比。要阐明这一点是不困难的。相似性太接近的比较对象难以通过比较发现自己的特色。而差异越大，越不相似，则越

178 曹顺庆《变异学：比较文学学科理论研究的重大突破》，《比较文学与跨文化研究》，2018 年第 2 期，第 7 页。

179 曹顺庆《变异学：比较文学学科理论研究的重大突破》，《比较文学与跨文化研究》，2018 年第 2 期，第 12 页。

> 易于用以鉴别他者和自身。比如说用北京人来比较北京人，难以看出北京人的特征。但是如果用北京人来比较巴黎人，则各自的特点一目了然[180]。

鉴于此，本文不仅考察了《水浒传》和《罗宾汉传奇》中的英雄人物所具有的同质性，而且还探究了他们的一些异质性，挖掘了造成这些异质性的文化实质。他们身上的这一些异质是中英乃至中西社会、历史、文化发展的结果，是必然而非偶然的。毛泽东说："看事情必须要看它的实质，而把它的现象只看作入门的向导，一进了门就要抓住它的实质，这才是可靠的科学的分析方法。"[181]从实质上看，《水浒传》和《罗宾汉传奇》中这些英雄人物所具有的一些差异是中英乃至中西社会、历史、文化的差异。尽管这些英雄人物所具有的同质性大于异质性，但是这些异质却很重要，它们是中英乃至中西文学、文化保持各自的特征的关键，是使这个世界保持文学、文化多样性的关键，也是使这个世界保持丰富多彩的关键。

---

180 张叉《辜正坤教授答中西语言、文化、文学、艺术比较和世界文学问题》，《广东外语外贸大学学报》，2021 年第 6 期，第 31-32 页。

181 毛泽东《星星之火，可以燎原》（一九三〇年一月五日），《毛泽东选集》第一卷，北京：人民出版社出版，1991 年版，第 99 页。

莎士比亚十四行诗
第十八首之跨文化研究

地理文化是全世界或一个地区的地形、地貌、河流、湖泊、气候等自然环境及物产、交通、居民点等社会经济因素的总的情况。诗歌艺术则是一种通过有节奏、韵律的语言表现社会生活和人的精神世界的文学体裁，是以抽象手法表现主题的特殊艺术形式。乍一看，地理文化和诗歌艺术完全是两回事，两者毫无关系。细一究，它们之间的联系是客观存在的，两者难以分割。卡尔·马克思（Karl Marx，1818-1883）认为，人既是自然的又是社会的，人是自然性和社会性的统一体。人的社会性可大体表述为人是生活于一定的文化之中的。文化的范畴极其宽泛，地理文化是其组成部分之一。诗歌艺术由人创作而成，地理文化则通过诗歌创作者以一定形式影响诗歌创作，使诗歌呈现出一定的地理文化特征。解读具有一定地理文化特征的诗歌，需要充分考虑与之相关的地理文化，否则会造成难读甚至误读。对于具有不同地理文化背景或对这种地理文化背景不甚熟悉的读者而言，情况尤其如此。英国文艺复兴时期的诗人威廉·莎士比亚（William Shakespeare，1564-1616）所创作的十四行诗之第十八首，带有浓郁的英国地理文化特色。具有截然不同地理文化背景的中国读者要准确解读这首诗，需要充分克服中国地理文化的干扰，并将之放回到相应的英国地理文化之中。

莎士比亚十四行诗第十八首（“Sonnet 18”）云：

Shall I compare thee to a summer’s day?

Thou art more lovely and more temperate:

Rough winds do shake the darling buds of May,
And summer's lease hath all too short a date:
Sometime too hot the eye of heaven shines
And often is his gold complexion dimmed;
And every fair from fair sometimes declines,
By chance or nature's changing course untrimmed;
But thy eternal summer shall not fade,
Nor lose possession of that fair thou ow'st;
Nor shall death brag thou wander'st in his shade,
When in eternal lines to time thou grow'st:
  So long as men can breathe or eyes can see,
  So long lives this, and this gives life to thee[1].

1 William Shakespeare, "Sonnet 18", *The Norton Anthology of English Literature*, Sixth Edition, Volume 1, New York and London: W. W. Norton & Company: 1986, p.810.根据英国皇家莎士比亚公司，2007年版《莎士比亚全集》，这首诗歌中的第2行末、第4行末、第12行末为句号，第5行末、第6行末、第10行末为逗号，第8行末为冒号，第9行末无标点符号，第7行作"And every fair from fair sometime declines"，用的是"sometime"而非"sometimes"，第11行作"Nor shall death brag thou wand' rest in his shade"，用的是"wand' rest"而非"wander'st"，详见：*William Shakespeare: Complete Works*, edited by Jonathan Bate and Eric Rasmussen, Beijing: Foreign Language Teaching and Research Press, 2008, p.2438. (The Royal Shakespeare Company 2007. This edition has been reprinted under license from Macmillan Publishers Limited for the Royal Shakespeare Company by arrangement with Modern Library, an imprint of the Random House Publishing Group) 根据牛津大学出版社，2002年版《莎士比亚十四行诗全集》，这首诗歌中的第4行末为分号，第5行末、第6行末为逗号，第8行末为冒号，第12行末为句号，第7行作"And every fair from fair sometime declines"，用的是"sometime"而非"sometimes"，第11行作"Nor shall Death brag thou wand'rest in his shade"，"Death"首字母大写而非小写，用的是"wand' rest"而非"wander'st"，详见：威廉·莎士比亚《莎士比亚十四行诗全集》，科林·伯罗编，南京：译林出版社，2017年版，第417页（*The Complete Sonnets and Poems of William Shakespeare* was originally published in English in 2002. This reprint is published by arrangement with Oxford University Press.）根据上海译文出版社，1993年版王佐良主编《英国诗选》（注释本），第8行、第10行末尾为逗号，第12行有"hues"而无"lines"，详见：王佐良主编，金立群注释《英国诗选》（注释本），上海：上海译文出版社，1993年版，第94页。根据商务印书馆1983年版佐良、李赋宁、周珏良、刘承沛主编《英国文学名篇选注，第2行、第4行末尾为句号，第5行末尾为逗号，第6行末尾一词拼作"dimm'd"，末尾为分号，第8行中"chance"一词后有个逗

我怎么能够把你来比作夏天？
你不独比它可爱也比它温婉：
狂风把五月宠爱的嫩蕊作践，
夏天出赁的期限又未免太短：
天上的眼睛有时照得太酷烈，
它那炳耀的金颜又常遭掩蔽：
被机缘或无常的天道所摧折，
没有芳艳不终于凋残或销毁。
但是你的长夏永远不会凋落，
也不会损失你这皎洁的红芳，
或死神夸口你在他影里漂泊，
当你在不朽的诗里与时同长。
　只要一天有人类，或人有眼睛，
　这诗将长存，并且赐给你生命[2]。

莎士比亚一生共创作了154首十四行诗，他的十四行诗是文艺复兴时期英国诗坛上绽开的奇葩，是世界诗歌宝库里的明珠。这些诗歌激情洋溢地歌颂了友谊、爱情、青春和真善美，内涵非常丰富。按照学术界广泛流传、普遍接受的观点，这154首十四行诗中，第一至第一百二十六首是写给或讲述一个美貌的贵族男青年的，第一百二十七至第一百五十二首是写给或讲述莎士比亚的情人、一个黑肤或褐色的女郎的，第一百五十三至第一百五十四首同其他诗歌没有情节上的关联[3]。至于这个漂亮贵族小伙和这个黑肤或褐色女郎“究竟是谁，众说纷纭，难以确定”[4]。根据十八世纪末两位研究莎士比亚的

号，第8行末尾一词拼作“untrimm’d”，第10行后为逗号，第11行第三个词首字母大写，拼作“Death”，第12行末尾为冒号，详见：佐良、李赋宁、周珏良、刘承沛主编《英国文学名篇选注》，北京：商务印书馆，1983年版，第91页。根据商务印书馆2001年版陈嘉编《英国文学作品选读》，第4行末尾为分号，第5行首词为“Sometimes”，第6行末尾一词拼作“dimm’d”，第8行末尾一词拼作“untrimm’d”，第9行末尾没有标点符号，第11行第三个词首字母大写，拼作“Death”，第12行末尾为句号，详见：*Selected Readings in English Literature*, Volume I, Edited with Annotations by Chen Jia, Beijing: The Commercial Press, 2001, p.75.

2 《莎士比亚抒情诗选》，梁宗岱译，长沙：湖南文艺出版社，1996年版，第37页。

3 《莎士比亚十四行诗一百首》，屠岸编译，北京：中国对外翻译出版社公司，1992年版，第vi页。

4 杨岂深、孙铢主编《英国文学选读》第一册，上海：上海译文出版社，1981年版，

专家埃德蒙德·梅隆（Edmund Malone）和乔治·斯蒂文斯（George Steevens）1780 年对这些诗歌内容的解释，第十八首是写给或讲述一个美貌的贵族男青年的，是一首抒情诗。中国国内目前常见的外国诗歌选集和文学作品选读本一般仅注明该诗是莎士比亚十四行诗中的第十八首，大都只有编号而无标题。个别诗歌选集和作品选本却给它加了一个具有抒情性质的标题《致爱人》（“To His Love”[5]），从另一角度说明了这是一首抒情诗。在中外文学史上，抒发爱慕之情的诗歌并不少见，但莎士比亚这首十四行诗在艺术手法上却与众不同。同普通的抒情诗不一样的是，它一连设用了“夏天”、“夏天的太阳”、“云雾”、“鲜花”和“狂风”众多和地理文化相关的比喻，并将这些比喻放到了非常的位置，使它们成了这座诗歌大厦的骨架，这些比喻亦因之成了正确解读该诗的关键。

一、第十八首中的夏天

莎士比亚十四行诗第十八首把贵族青年的美貌比作了“夏天”和“长夏”。据原诗，“夏天”译自“a summer's day”[6]，意为“夏季的一天”；“长夏”译自“eternal summer”[7]，意为“永恒的夏季”，该诗实际上是在将贵族青年的美貌比作夏天。这在中国地理文化中是无法理解的。中国疆域辽阔，纬度跨度大，南、北跨温、热两大气候带，气候变化大。但大部分地区位于东亚季风气候区，属温带大陆性气候，冬夏温差大，冬季寒冷干燥，夏季高温多雨。在这种地理文化中，夏天是令人厌恶的，毫无美感可言。《水浒全传》第十六回：

> 此时正是五月半天气，虽是晴明得好，只是酷热难行。昔日吴七郡王有八句诗道：
>
> 玉屏四下朱阑绕，
> 簇簇游鱼戏萍藻。
> 簟铺八尺白虾须，

第 46 页。

5 弗·特·帕尔格雷夫原编，罗义蕴、曹明伦、陈朴编注《英诗金库》，成都：四川人民出版社，1987 年版，第 76 页。

6 William Shakespeare, “Sonnet 18”, *The Norton Anthology of English Literature*, Sixth Edition, Volume 1, New York and London: W. W. Norton & Company: 1986, p.874.

7 William Shakespeare, “Sonnet 18”, *The Norton Anthology of English Literature*, Sixth Edition, Volume 1, New York and London: W. W. Norton & Company: 1986, p.874.

头枕一枚红玛瑙。
六龙惧热不敢行，
海水煎沸蓬莱岛。
公子犹嫌扇力微，
行人正在红尘道[8]。

又，《水浒全传》第十六回：

五七日后，人家渐少，行路又稀，一站站都是山路。杨志却要辰牌起身，申时便歇。那十一个厢禁军，担子又重，无有一个稍轻，天气热了行不得，见着林子，便要去歇息。杨志赶着催促要行。如若停住，轻则痛骂，重则藤条便打，逼赶要行[9]。

五月的夏天，酷热难忍，即使是海中龙王也不敢出行，公子王孙奋力摇扇犹嫌扇力弱微，然而运送生辰纲的十一个军士却要务在身，不得不荷重冒暑赶路。他们稍有怠慢，就要受到长官的斥责痛骂甚至藤条毒打。夏天在这里令人憎恶，丝毫也不可爱。

同样是五月的夏天，在英国地理文化中却另有一番境界。英国位于北纬50-60度之间，处于温带，属典型的温带海洋性气候，四季温和湿润，冬夏温差小，极少严寒酷暑，风大雾多，日照时间较短。英国气候在夏天的特点是气温适度，如南部夏季的平均气温约为摄氏 12-17 度，同中国夏季的情况差异颇大。英国的气候特点决定了其夏季是一个美好的季节，约翰·济慈（John Keats，1795-1821）《蟋蟀与蝈蝈》（“On the Grasshopper and Cricket”）：

……一阵歌声
沿着树篱，从新刈的草地传出，
那是蝈蝈的歌，它领唱于
仲夏的华筵；它欢快地唱着，
总也唱不完，兴尽曲罢，
便悠然歇息于芳草丛中[10]。

阿尔弗雷德·丁尼生（Alfred Tennyson，1809-1892）《“完了！美好的夏天已结束”》：

8 施耐庵、罗贯中著《水浒全传》上册，北京：中华书局，1961 年版，第 185 页。
9 施耐庵、罗贯中著《水浒全传》上册，北京：中华书局，1961 年版，第 185 页。
10 刘守兰编著《英美名诗解读》，上海：上海外语教育出版社，2003 年版，第 11 页。

完了！美好的夏天已结束，

　　玫瑰作主的季节已完毕；

完了，玫瑰已没有个寻处，

　　完了，太阳已失去了威力。

完了！美好的夏天已结束，

　　花儿结束后一朵也难觅；

完了，玫瑰已没有个寻处，

　　却又来冰雪连绵的冬季[11]。

英国的夏季气温宜人，倒同中国的春季极为相似。在中国地理文化中，春季是美好的象征，“春花秋月、春秋鼎盛、春风化雨、春风风人、春风得意、春兰秋菊”[12]、“春山如笑、春风夏雨、春风满面、春光明媚、春和景明、春风吹又生”[13]、“春色满园”[14]、“春暖花开”[15]、“春气发动、春风时雨、春风座我、春风淡荡、春华秋实、春到人间、春秋正富、春秋佳日、春城无处不飞花”[16]、“春意盎然”[17]等成语皆因带了一个“春”字而成了褒义词，用以描绘美好的事物。中国文学作品中亦常以“春”描写美好事物，韩愈《早春呈水部张十八员外》其一：“最是一年春好处，绝胜烟柳满皇都。”[18]杜甫《春夜喜雨》：“好雨知时节，当春乃发生。”[19]叶绍翁《游园不值》：“春色满园关不住，一枝红杏出墙来。”[20]陆游《钗头凤·红酥手》：“红酥手，黄縢酒，满城春色宫墙柳。”[21]

---

11 《丁尼生诗选》，黄杲炘译，上海：上海译文出版社，1995年版，第247页。

12 刘叶秋、苑育新、许振生编《成语熟语词典》，北京：商务印书馆，1992年版，第250-251页。

13 颜毓书主编《新编成语词典》，哈尔滨：黑龙江人民出版社，1986年版，第647-650页。

14 向光忠、李行健、刘松筠主编《中华成语大辞典》，长春：吉林文史出版社，1986年版，第240页。

15 高振兴主编《汉语成语大词典》，延吉：延边大学出版社，1989年版，第1119-1166页。

16 陈国弘编著《成语语源典故词典》，长沙：岳麓书社，1988年版，第869-872页。

17 李一华、吕德申编《汉语成语词典》，成都：四川辞书出版社，1982年版，第146页。

18 陈迩冬选注《韩愈诗选》，北京：人民文学出版社，1984年版，第145页。

19 仇兆鳌注《杜诗详注》第二册，北京：中华书局，1979年版，第799页。

20 钱锺书选注《宋诗选注》，北京：人民文学出版社，1958年版，第295页。

21 程郁缀选注《历代词选》，北京：人民文学出版社，2004年版，第470页。

英语中有个谚语是“美若夏天”（“as good as one shall see in a summer's day”[22]），意为“美得无与伦比”（“as good as the best there is”[23]），这是熟知中国地理文化而对英国地理文化缺乏了解的人难于理解的。英国地理文化中的“美若夏天”就相当于中国地理文化中的“美若春天”。从英国地理文化来看，莎士比亚十四行第十八首将贵族青年的美貌比作“夏天”和“长夏”并无不妥之处。因此，金立群注释说：“诗人把爱人比作夏天。英国之夏气候宜人，故有此比。”[24]杨岂深、孙铢注释说：“英国夏天温暖而不炎热，是最宜人之季。”[25]

据曹明伦统计，在莎士比亚的 154 首十四行诗中，春（spring）出现 6 次，夏（summer）出现 20 次，秋（autumn）出现 2 次，冬（winter）出现 10 次[26]。关于“summer”一词在汉译中如何处理的问题，曾一度引发学术界的热烈讨论。2016 年，郑隽娴在《开封教育学院学报》撰发题为《浅析莎士比亚第 18 首十四行诗中“summer”的翻译》的文章，提出了自己的看法：

> 从诗歌的受赠者来看学术界一般认为，莎翁的这首诗是写给亨利·赖奥斯利爵士的。这是一位年龄尚未得到可靠考证的成年男子。春天是生长的季节，往往用来比喻孩童，代表他们蓬勃的生命力。例如，高鼎的《村居》：草长莺飞二月天，拂堤杨柳醉春烟。儿童散学归来早，忙趁东风放纸莺。又如，杨万里的《宿新市徐公店》：篱落疏疏一径深，树头花落未成阴。儿童急走追黄蝶，飞入菜花无处寻。而夏天是最热的季节，阳气达到鼎盛，往往用来象征壮年男子的轩昂气魄。相比而言，无疑夏日更合适且更能凸显男性的阳刚之气[27]。

---

22 Morris Palmer Tilley, *A Dictionary of the Proverbs in England in the Sixteenth and Seventeenth Centuries*, Ann, Arbor: University of Michigan Press, 1950, p.967.

23 Stephen Booth, *Shakespeare's Sonnets*, edited with Analytic Commentary, New Haven and London: Yale University Press, 1977, p.161.

24 王佐良主编，金立群注释《英国诗选》（注释本），上海：上海译文出版社，1993 年版，第 94 页。

25 杨岂深、孙铢主编《英国文学选读》第一册，上海：上海译文出版社，1981 年版，第 47 页。

26 曹明伦《我是否可以把你比喻成夏天？——兼与沈弘先生商榷》，《外国文学评论》，2008 年第 3 期，第 36 页。

27 郑隽娴《浅析莎士比亚第 18 首十四行诗中“summer”的翻译》，《开封教育学院学报》，2016 年第 8 期，第 64 页。

上引论述还有进一步讨论的余地。一年分四季，四季别春、夏、秋、冬，中国、英国都是这样的。不过，中国的夏天同英国夏天的气候特征是很不一样的。莎士比亚十四行诗第十八首中的“Summer”指的是英国的夏天，而上引论述却有个默认的前提，这个前提就是中国夏天的气候特征跟英国夏天的气候特征是相同的，于是便用中国诗歌高鼎的《村居》和杨万里的《宿新市徐公店》为例进行阐释，最后把中国的夏天等量代换成英国的夏天。这种在中国地理文化的语境中讨论英国的地理文化是欠妥的。打个比喻来说，加拿大渥太华（Ottawa）的人谈论肯尼亚内罗毕（Nairobi）的“一月”，就不能说把它看作是“雪花飘飘的一月”，原因很简单，渥太华位于寒带，1 月份平均气温-11℃，最低气温-39℃，有降雪，而内罗毕位于热带，1 月份平均气温 25 ℃，最低 12℃，无降雪。

2006 年，刘嘉在《天津外国语学院学报》撰发题为《论翻译的对等层次》的文章，其中论及到“Summer”的翻译：

> 莎士比亚十四行诗中 Shall I compare thee to a summer’s day 一句中的 summer，如果不顾译语文化直接译为“夏天”，可能让某国读者拂然变色，因为词的意义并非固定不变，而是动态的，不仅随着作者在篇章中表达的思想发生变化，也会随着文化的转移而有所变化。在某些国家夏天因酷热难耐而令人厌烦，与原诗表达的可爱温存之意可谓南辕北辙。只有将 summer 替换为译语国家里合适的季节，才能达到文化功能上的对等效果[28]。

关于莎士比亚十四行诗第十八首“Shall I compare thee to a summer’s day”这句诗中的“Summer”的翻译，刘嘉点到为止，没有继续论述下去。根据这个语境，基本可以推断，在刘嘉看来，如果把这个诗句翻译成汉语的话，那么其中的“Summer”是不能够处理成“夏天”、而应该翻译为“春天”的。将“Summer”译作“春天”，其好处是照顾到了英国夏季气候特征同中国春节气候特征相当这一点，其不足是可能丧失原诗的地理文化信息，让人产生错觉，认为英国春、夏、秋、冬四季的气候特征同中国春、夏、秋、冬四季的气候特征完全对应、相同，这样，具有异国情调的英国地理文化的特色就会丧失，这首诗歌的民族特色也就要打折扣了。打个比喻来说，把“Bill Clinton”译作“李勇军”便于中国的读者理解，把“文天祥”译为“Black

28 刘嘉《论翻译的对等层次》，《天津外国语学院学报》，2006 年第 2 期，第 17 页。

Smith”便于英美国家的读者理解，不过，对于中国的读者来说，英美国家的姓名文化特征消失了；同样，对于英美国家的读者来说，中国的姓名文化特色也完全失去自己的特色了。事实上，是不能把“Bill Clinton”译作“李勇军”、把“文天祥”译为“Black Smith”的，甚至把“Bill Clinton”译作“克林顿·比尔”、把“文天祥”译为“Tianxiang Wen”都不行。正确的做法是，把“Bill Clinton”译作“比尔·克林顿”，把“文天祥”译为“Wen Tianxiang”，这可以收到一箭双雕、一石二鸟之功效，一是可以达成中国同英美国家之间的文化平等，二是可以保留中国、英美国家各自的文化特色。至于“Summer”之汉译，亦当作如是观。译“Summer”为“春天”，错矣，乱矣，误矣。

1990 年，辜正坤在北京大学出版社出版《世界名诗鉴赏辞典》，认为“英国由于其地理位置偏北，其夏季在较大程度上相当于中国的春季，是英国最明媚妍好的季节”[29]，所以“把‘Summer’译作‘春日’更好，这样便于中国读者理解”[30]。1998 年，他在北京大学出版社出版《莎士比亚十四行诗集》，把“Summer”译作“夏日”[31]。2003 年，他在清华大学出版社出版《中西诗比较鉴赏与翻译理论》，也把“Summer”译作“夏日”[32]。2005 年，他在华文出版社出版《莎士比亚十四行诗精选》，把“Summer”译作“夏天”[33]。他把“Summer”译作“夏日”、“夏天”，我大大地赞同。

2001 年，白立平在《深圳大学学报》（人文社会科学版）发表题为《莎士比亚十四行诗中“Summer”意象的翻译》的文章，提出了“Summer”的四个处理方法，一是将其直接翻译成“夏天”，二是添加修饰语，加上“璀璨”、“明朗”、“美好”、“美丽”等词语，美化夏天的意象，三是将夏日替换成“初夏”、“孟夏”、“春天”甚至“绿洲”、“棕榈”等词汇，四是忽略不译[34]。四个处理办法中，第二、第三个增加了原诗没有的信息，第四个删

29 辜正坤《世界名诗鉴赏辞典》，北京：北京大学出版社，1990 年版，第 906 页。
30 辜正坤《世界名诗鉴赏辞典》，北京：北京大学出版社，1990 年版，第 36 页。
31 辜正坤《莎士比亚十四行诗集》，北京：北京大学出版社，1998 年版，第 37 页。
32 辜正坤《中西诗比较鉴赏与翻译理论》，北京：清华大学出版社，2003 年版，第 228 页。
33 莎士比亚著《莎士比亚十四行诗精选》，辜正坤译，北京：华文出版社，2005 年版，第 20 页。
34 白立平《莎士比亚十四行诗中“Summer”意象的翻译》，《深圳大学学报》（人文社会科学版），2001 年第 9 期，第 122-127 页。

减了原诗信息，故相比之下，似乎第一个办法最为可取。

2007年，沈弘在《外国文学评论》发表题为《或许我可以将你比作春日？——对莎士比亚第18首十四行诗的重新解读》的文章，认为诗中的“Summer”应该指代的是“春天”，依据有五：一是这首诗是献给年方二十的男性友人的，象征青春的应该是春天，夏天通常代指三四十岁的成熟男性，二是诗中“darling buds of May”的意象与夏天矛盾，三是中古英语中“Summer”可兼指春夏，四是在英语诗歌中，夏季的意象不如春季那样令人憧憬，五是莎士比亚在其他诗歌中使用“Spring”指代春天时，往往前面加上定冠词“the”[35]。文章认为：“莎士比亚的第18首十四行诗就提供了一个很好的例证。诗人忠实遵循英诗传统，巧妙地采纳了‘summer’这个词的古意来刻意营造作品中的‘春天’这一主要意象，其手法含蓄而又不失典雅，运笔流畅如行云流水，堪称一绝。”[36]这篇文章的论点是值得商榷的。不错，中国、英国的季节里都有春天，不过，英国的春天同中国的春天的气候特征是很不一样的，在中国地理文化的语境中讨论英国的地理文化似乎是欠妥的。打个比喻来说，俄罗斯雅库茨克的人就不适宜谈论伊拉克巴士拉的人如何解决一月份暖气供应的问题，虽然雅库茨克一月平均气温低达-38.6℃，自然需要暖气供应，但是巴士拉一月气温却高至约4-16℃，哪里有这样的需求？这样，依据雅库茨克地理文化知识谈论地理文化截然不同的巴士拉的问题就成问题了。

2008年，曹明伦在《外国文学评论》发表题为《我是否可以把你比喻成夏天——兼与沈弘先生商榷》的文章，对“Summer”的指代作了研究：

> 显而易见，只有在夏季才会感觉到“骄阳似火”（the flames），也只有在夏季才会有“可怕的暴风雨”（dreadfull storme）。由此可见，关于summer这个词的具体意义，至少伊丽莎白时代那些使用早期现代英语的诗人已经达成了语意共识。因此我们可以肯定地说，莎士比亚十四行诗第18首中的summer也确指夏天，因为只有在夏天人们才会感到“太热”（too hot）[37]。

35 沈弘《或许我可以将你比作春日？——对莎士比亚第 18 首十四行诗的重新解读》，《外国文学评论》，2007年第1期，第12-18页。

36 沈弘《或许我可以将你比作春日？——对莎士比亚第 18 首十四行诗的重新解读》，《外国文学评论》，2007年第1期，第18页。

37 曹明伦《我是否可以把你比喻成夏天？——兼与沈弘先生商榷》，《外国文学评论》，2008年第3期，第39页。

曹明伦对这首诗歌中“Summer”的理解，我举双手赞成。既然“莎士比亚十四行诗第18首中的summer也确指夏天”，那么就应该把它翻译成“夏天”。中国诗歌中的“春”是不可强换作“夏”的，罗益民曾举陆凯《赠范晔》“江南无所有，聊赠一枝春”两句诗调侃说：“不可以说成是‘聊赠一枝夏’的，如此不仅要笑掉大牙，也不知云了。”[38]哈哈一笑之后却让人陷入沉思。与之类似，英国诗歌中的“Summer”亦不可强译为“春”。把“Summer”作“Spring”译为“春”，得不偿失，当弃。据我所知，曹明伦对“Summer”之阅读理解最为精深，对“Summer”之翻译策略最为妥帖，其论文尤其可资参阅。

二、第十八首中的夏天的太阳

莎士比亚十四行诗第十八首把贵族青年的美貌比作了“天上的眼睛”和“炳耀的金颜”。“天上的眼睛”译自“the eye of heaven”[39]，意为“天的眼睛”；“炳耀的金颜”译自“gold complexion”[40]，意为“金色的容颜”，该诗实际上是在把贵族青年的美貌比作夏天的太阳。

屈原《天问》：“日安不到，烛龙何照？”[41]尼古拉·加夫里诺维奇·车尔尼雪夫斯基（Nikolay Gavrilovich Chernyshevsky，1828-1889）在《现代美学概念批判》中说：“自然界中最迷人的，成为自然界一切美的精髓的，这是太阳和光明。”[42]车尔尼雪夫斯基的这番论述可以算作对屈原这两个诗句的注脚。在埃及神话中，有太阳神拉（Ra）[43]、风神休（Shu）、雨神泰芙努特（Tefnut）、大地神盖布（Geb）、天神努特（Nut）、冥王与农业神奥西里斯（Osiris）、死者守护神与生育神伊西斯（Isis）、干旱神与风暴神赛特（Seth）、死者守护神奈芙蒂斯（Nephthys）等九位最重要的神祇，其中，太阳神拉是最

38 罗益民《莎士比亚十四行诗第 18 首中的拓扑学宇宙身体诗学》，《广东外语外贸大学学报》，2019 年第 5 期，第 6 页。

39 William Shakespeare, “Sonnet 18”, *The Norton Anthology of English Literature*, Sixth Edition, Volume 1, New York and London: W. W. Norton & Company: 1986, p.874.

40 William Shakespeare, “Sonnet 18”, *The Norton Anthology of English Literature*, Sixth Edition, Volume 1, New York and London: W. W. Norton & Company: 1986, p.874.

41 金开诚、董洪利、高路明著《屈原集校注》下册，北京：中华书局，1996 年版，第 319 页。

42 车尔尼雪夫斯基著《车尔尼雪夫斯基论文学》（中卷），辛未艾译，上海：上海译文出版社，1979 年版，第 34 页。

43 Ra：或译“端”与“赖”。

高神。埃及最早的歌谣可追溯至公元前3000多年前，比中国《诗经·国风》里的歌谣早至少2000多年。在所有颂神诗中，最著名的是第十八王朝阿蒙霍特普四世实行宗教改革时为太阳神创作的《阿顿颂诗》，是埃及文学史上最美、最长的太阳神颂歌。中国的太阳神是羲和、东君，《山海经·大荒南经》："东南海之外，甘水之间，有羲和之国。有女子名曰羲和，方日浴于甘渊。羲和者，帝俊之妻，生十日。"[44]《尚书·尧典》："乃命羲和，钦若昊天，历象日月星辰，敬授人时。"[45]《诸神的世界》："这位伟大的羲，或者更确切地按古音应读作'伟大的羲俄'的人物，不是别人，正是在先秦典籍中那位赫赫有名的太阳神——羲和。"[46]金开诚、董洪利、高路明题注《九歌·东君》："日神称为东君，大概是楚国特有的称谓。"[47]希腊神话旧辈神谱中的太阳神是赫利俄斯（Helios），新辈神谱中的太阳神是阿波罗（Apollo），《神话辞典》："他每日清晨驾驭由四匹喷火快马曳引的太阳车，从东方出巡，傍晚落入西方的大洋河里，夜间则乘小舟绕大地重返东方。"[48]在中国神话中，羲和、东君虽然算不得最高神，但是也可谓重要的神祇，希腊神话中的赫利俄斯和阿波罗亦然。中国文学史上，第一个讴歌太阳神的诗人是屈原，《九歌·东君》：

暾将出兮东方，
照吾槛兮扶桑。
抚余马兮安驱，
夜皎皎兮既明[49]。

英国文学史上，较早歌颂太阳神的诗人是约翰·济慈（John Keats，1795-1821），《阿波罗赞歌》（"Hymn To Apollo"）：

天神！你手举金弓，
　你弹奏金琴七弦，

---

44 栾保群详注《山海经详注》（插图本），北京：中华书局，2019年版，第549页。
45 阮元校刻《十三经注疏》上册，北京：中华书局，1980年版，第119页。
46 何新著《诸神的世界》，北京：现代出版社，2019年版，第7页。
47 金开诚、董洪利、高路明著《屈原集校注》上册，北京：中华书局，1996年版，第255页。
48 M. H.鲍特文尼克、M. A.科甘、M. Б.帕宾诺维奇、Б. П.谢列茨基编著《神话辞典》，黄鸿森、温乃铮译，北京：商务印书馆，1985年版，第146页。
49 金开诚、董洪利、高路明著《屈原集校注》上册，北京：中华书局，1996年版，第256页。

你飘着一头金发，
　　你身披金色火焰，
　　　你驾车跨越
　　　缓慢的岁月，
　　你的怒火在哪儿安眠——[50]

中国、英国神话、诗歌作品中的太阳意象除了有壮丽、伟大的含义之外，还有不断进取、时不我待的意蕴，《山海经 · 海外北经》："夸父与日逐走，入日。渴欲得饮，饮于河渭。河渭不足，北饮大泽，未至，道渴死，弃其杖，化为邓林。"[51]屈原《离骚》：

朝发轫于苍梧兮，
夕余至乎县圃。
欲少留此灵琐兮，
日忽忽其将暮。
吾令羲和弭节兮，
望崦嵫而勿迫[52]。

罗伯特 · 赫里克（Robert Herrick，1591-1674）《给少女们的忠告》（"To the Virgins, to Make Much of Time"）：

太阳，那盏天上的华灯，
　向上攀登得越高，
路程的重点就会越临近，
　剩余的时光也越少[53]。

赫里克是十七世纪"骑士派诗人"，他在这里把太阳比喻成"天上的华灯"（"the glorious lamp of heaven"），可谓别出心裁、匠心独运，中国二十世纪现代诗人郭沫若在《天上的市街》中把天上的星星比喻为"街灯"，莫

50 济慈著《济慈诗选》，屠岸译，北京：人民文学出版社，1997 年版，第 154 页。
51 栾保群详注《山海经详注》(插图本)，北京：中华书局，2019 年版，第 412 页。
52 金开诚、董洪利、高路明著《屈原集校注》上册，北京：中华书局，1996 年版，第 80 页。
53 原诗为："The glorious lamp of heaven, the sun, / The higher he's a-getting, / The sooner will his race be run, / And nearer he's to setting."详见：The Norton Anthology of English Literature, Sixth Edition, Volume 1, New York and London: W. W. Norton & Company: 1986, p.1362.译诗引自：《英国历代诗歌选》上册，屠岸选译，南京：译林出版社，2007 年版，第 116 页。

非是受了赫里克“天上的华灯”的启示[54]？无论是赫里克“天上的华灯”，还是莎士比亚“天上的眼睛”，都是很有想象力、十分生动的比喻，也具有浪漫情调，让人浮想联翩。

莎士比亚十四行诗第十八首中“天上的眼睛”指示的是夏天的太阳，而英国地理文化跟中国地理文化中夏天的太阳在内涵上是有较大差异的。在中国地理文化中，夏天是令人厌恶的，其原因同夏天的太阳密切相关，换言之，中国地理文化中夏天的太阳也是令人厌恶的，毫无美感可言。《水浒全传》第十六回借一卖酒汉子之口唱出了一首元代民谣：

> 赤日炎炎似火烧，
> 野田禾稻半枯焦。
> 农夫心内如汤煮，
> 公子王孙把扇摇[55]。

红日当空，炽如火焰，烈日烤照下的禾稻因缺乏必要的水份补充而半枯半焦，濒临死亡。农夫和公子王孙对烈日和焦禾却有不同的心态和反应：农夫似乎已将烈日给自己身心造成的直接影响置之度外，相反，对于田间的禾稻则表现出了全部的关注。对于公子王孙而言，田间的禾稻能否成活与茁壮成长同他们无关，但他们也为夏日所苦，不断摇动手中的扇子，以达到驱暑纳凉之目的。这样，火一般的夏日对于禾稻、农夫和公子王孙来说都是令人厌恶、不受欢迎的：一是夏日直接威胁到了禾稻之成活、生长和成熟，二是倘禾稻不能生存，农夫将失去生活所需的物质来源，夏日已威胁到了农夫之生存，三是“皮之不存，毛将安傅？”[56]公子王孙本为农夫所养，倘农夫无以生存，公子王孙亦将失去生存之依托。上引元代民谣表明，在中国地理文化中，夏天的太阳不温婉，不可爱，不能予人以审美愉悦。倘有青年若此，咄咄逼人，何美之有，不把人吓跑才怪。故在中国文学作品中，象莎士比亚这样将美人的容貌比作夏天的太阳是无法理喻的，亦是几乎没有的现象。但如果把夏天的太阳置回到英国地理文化中，情形便不一样了。如上所述，英国地

54 郭沫若《天上的市街》：“远远的街灯明了，／好像闪着无数的明星。／天上的明星现了，／好像点着无数的街灯。”详见：《郭沫若诗集》，厦门：鹭江出版社，2010 年版，第 151 页。

55 施耐庵、罗贯中著《水浒全传》上册，北京：中华书局，1961 年版，第 189 页。

56 《左传·僖公十四年》，阮元校刻《十三经注疏》下册，北京：中华书局，1980 年版，第 1803 页。

理文化中的夏天同中国地理文化中的春天极为相似，属于明媚的季节，其间的太阳是温婉、可爱的。以此观之，这首诗歌将“天上的眼睛”和“炳耀的金颜”同贵族青年的美貌相提并论颇为贴切，是没有什么不好的。

三、第十八首中的云雾

莎士比亚十四行诗第十八首间接提到了云雾同美貌之间的关系。该诗第六行：“它那炳耀的金颜又常遭掩蔽”，“炳耀的金颜”实为“夏天的太阳”，它是“掩蔽”这一动作的承受者。那么，“掩蔽”这一动作是由谁发出的呢？第六诗行原诗为“And often is his gold complexion dimmed”[57]，是一个被动句，只有动作的承受者而无动作的施发者。朱生豪将之译为“它那炳耀的金颜又常遭掩蔽”[58]，保留了被动句式，只有动作的承受者而无动作的施发者。屠岸将之译为“他那金彩的脸色也会被遮暗”[59]，保留了被动句式，只有动作的承受者而无动作的施发者。辜正坤将之译为“它那炳耀的金颜又常遭掩蔽”[60]，亦保留了被动句式，只有动作的承受者而无动作的施发者。金发燊将之译为“常常金轮蒙荫翳又若暗若明”[61]，亦保留了被动句式，只有动作的承受者而无动作的施发者。艾梅将之译为“它那金色的面容常飘忽闪现”[62]，只言面容飘忽闪现，未说飘忽闪现之缘由。李鸿鸣将之译为“金色的容颜倏忽变幻”[63]，只言容颜倏忽变幻，未说倏忽变幻之缘由。戴镏龄将之译为“又往往它的光采转阴淡”[64]，只言光采转阴淡，未说转阴淡之缘由。孙大

57 William Shakespeare, “Sonnet 18”, *The Norton Anthology of English Literature*, Sixth Edition, Volume 1, New York and London: W. W. Norton & Company: 1986, p.874.

58 张剑、赵冬、王文丽编著《英美诗歌选读》，北京：外语教学与研究出版社，2008年版，第23页。

59 《莎士比亚十四行诗集》，屠岸译，上海：上海译文出版社，1988年版，第36页。

60 莎士比亚著《莎士比亚十四行诗精选》，辜正坤译，北京：华文出版社，2005年版，第20页。

61 莎士比亚著《莎士比亚十四行诗集》，金发燊译，桂林：广西师范大学出版社，2004年版，第14页。

62 莎士比亚著《十四行诗》，艾梅译，哈尔滨：哈尔滨出版社，2004年版，第37页。

63 威廉·莎士比亚著《十四行诗》，李鸿鸣译，哈尔滨：北方文艺出版社，2005年版，第25页。

64 莎士比亚《致爱人》（1609），弗·特·帕尔格雷夫原编，罗义蕴、曹明伦、陈朴编注《英诗金库》，成都：四川人民出版社，1989年版，第35页。

雨将之译为“它那赫奕的金容会转成阴晦”[65]，仅讲金容会转成阴晦，却未谈转成阴晦之因缘。从上下文看，能够掩蔽太阳的大概只有天上的云雾了。黄新渠将之译为“那金色的容颜常被乌云遮暗”[66]，在译诗中补出了“乌云”这一施动者。丰华瞻将之译为“他那金黄色的颜面，也常蒙上层云”[67]，在译诗中补出了“层云”这一施动者。“乌云”、“层云”，皆为“云”也。杜承南、罗义蕴将之译为：“它那金色的容颜也常被云遮雾掩”[68]，在译诗中补充了“云”和“雾”两个施动者。这首诗实际上是在探讨云雾和美貌间的关系。在英国地理文化中，夏天的太阳是美妙的，而云雾却让它容颜遮掩、美貌失色，充当了不光彩的角色。但在中国地理文化中，夏天的云雾却常常为人所希翼。《水浒全传》第十六回：

> 正是六月初四时节，天气未及晌午，一轮红日当天，没半点云彩，其日十分大热。古人有八句诗道：
>
> 祝融南来鞭火龙，
> 火旗焰焰烧天红。
> 日轮当午凝不去，
> 万国如在红炉中。
> 五岳翠干云彩灭，
> 阳侯海底愁波竭。
> 何当一夕金风起，
> 为我扫除天下热[69]。

又，《水浒全传》第十六回：

> 众军人看那天时，四下里无半点云彩，其时那热不可当。但见：热气蒸人，嚣尘扑面。万里乾坤如甑，一轮火伞当天。四野无云，风寂寂树焚溪坼；千山灼焰，吣剥剥石裂灰飞。空中鸟雀命将休，倒攧入树林深处；水底鱼龙鳞角脱，直钻入泥土窖中。直叫石

65 莎士比亚《商乃诗 18》，《英诗选译集》，孙大雨译，上海：上海外语教育出版社，1999 年版，第 121 页。

66 莎士比亚《十四行诗第十八首》，黄新渠译《英美抒情诗选萃》，成都：四川人民出版社，1998 年版，第 7 页。

67 丰华瞻《中西诗歌比较》，北京：三联书店，1987 年版，第 69 页。

68 莎士比亚《我怎能把你和夏天相比》，杜承南、罗义蕴译《英美名诗选译》，重庆：重庆出版社，1990 年版，第 365 页。

69 施耐庵、罗贯中著《水浒全传》上册，北京：中华书局，1961 年版，第 186 页。

虎喘无休，便是铁人须落汗[70]。

这里不仅反复写到了太阳之酷烈，而且不止一次提到了云彩之缺失，用直接和间接两种手法描绘出了一幅绝好的夏季炎热图卷。此处之云彩和莎士比亚十四行诗第十八首中之云雾在人们的心目中占据着完全不同的地位。在《水浒全传》的这处描绘中，倘天空中出现云彩，必可遮挡炎烈的太阳，缓解当差军士的暑热之苦。云彩是冒暑当差的军士所希望的，在他们心目中有着重要的地位。在莎士比亚诗歌的相关描写里，若天空中没有云雾，定能露出温婉的太阳，让美好的事物长驻。云雾是诗人所失望的，在他心目里没有任何地位。云雾在这两个文学作品中都给人带来了失望，但具体而言又有所不同：一个源于无云彩，一个源于有云雾。这是中英两国不同的地理文化所决定了的。

四、第十八首中的鲜花

莎士比亚十四行诗第十八首将贵族青年的美貌比作了“五月宠爱的嫩蕊”。据原诗，“五月宠爱的嫩蕊”译自“the darling buds of May”[71]，意为“五月可爱的花蕾”。粗略地说，“花蕾”即“鲜花”，该诗实际上是在将贵族青年的美貌比作鲜花。以鲜花喻美貌在古今中外文学作品中屡见不鲜，不足为奇。中国文学素有以花喻人之传统，这种传统可上溯至《诗经》，《国风·周南·桃夭》：

桃之夭夭，
灼灼其华。
之子于归，
宜其室家。

桃之夭夭，
有蕡其实。
之子于归，
宜其家室。

桃之夭夭，

70 施耐庵、罗贯中著《水浒全传》上册，北京：中华书局，1961年版，第187页。

71 William Shakespeare, “Sonnet 18”, *The Norton Anthology of English Literature*, Sixth Edition, Volume 1, New York and London: W. W. Norton & Company: 1986, p.874.

其叶蓁蓁。

之子于归，

宜其家人[72]。

这是一首祝贺新娘出嫁的诗歌，很明显，红霞灿烂的一树桃花是对新娘美好容貌的比喻。姚际恒《诗经通论》：“桃花色最艳，故以取喻女子，开千古词赋咏美人之祖。”[73]在中国文学史上，以花喻人的作品不可胜数，而唐人崔护之《题都城南庄》成功继承了《诗经·国风·周南·桃夭》的这一传统，终成千古吟诵之名篇：

去年今日此门中，

人面桃花相映红。

人面不知何处在，

桃花依旧笑春风[74]。

这里，崔护将桃树的花和少女的脸并置，以此营造出了一幅生动的画面：脸在花丛中，花映脸面红，花红脸亦红。脸在美丽的鲜花中微笑，花在和煦的春风中摇曳，脸与鲜花、人与自然得以和谐统一。通过对比陪衬的手法，出色地刻画出了意中人的娇态丽质，表达了寻芳不遇的惆怅心情。该诗用语极其平常，但意境却十分优美。

英国文学中亦不乏以花喻人之作品，《圣经诗歌全集·雅歌》第二章：

新娘：“我是原野的水仙，谷中的百合。”

新郎：“我的爱卿在少女中，有如荆棘中的一朵百合。”[75]

新娘在这里自喻为原野的水仙和谷中的百合，新郎也将她赞为荆棘中的一朵百合，取其貌美与纯洁之意。罗伯特·彭斯（Robert Burns，1759-1796）《红红的玫瑰》（“My Love Is Like A Red Red Rose”）第一章：

啊，我爱人像红红的玫瑰，

　它在六月里初开；

啊，我爱人像一支乐曲，

72 阮元校刻《十三经注疏》上册，北京：中华书局，1980年版，第279页。

73 转引自：程俊英、蒋见元著《诗经注析》上册，北京：中华书局，1991年版，第16页。

74 《全唐诗》（增订本）第六册，北京：中华书局，1999年版，第4148页。

75 田志康、康之鸣、李福芝选编《圣经诗歌全集》，北京：学苑出版社，1990年版，第324页。

美妙地演奏起来[76]。

彭斯在这里歌咏的爱人是一位少女，他把她比作红红的玫瑰，美丽动人，属于典型的以花喻人之诗。

虽然以鲜花喻美貌是中外文学作品中的共同现象，但这在中英两国文学史上又有一定的差异。在中国文学作品中，鲜花一般用来喻女性的容貌，取其美艳动人之义，至于以鲜花喻男性的容颜却是罕有的现象。在英国文学作品中，鲜花既可用以喻女性，又可拿来喻男性，《圣经诗歌全集 · 雅歌》第一章：

新娘："我君王正在坐席的时候，我的香膏已放出清香。我的爱人有如没药囊，常系在我的胸前；我的爱人有如凤仙花，生在恩革狄葡萄园。"[77]

新娘把自己的新郎比作凤仙花，显然凤仙花是用来比喻男性的。与此相似的是，莎士比亚十四行第十八首中的鲜花也是用以描绘男性的，这也算该诗的特点之一。

五、第十八首中的狂风

莎士比亚十四行诗第十八首写到了"狂风"对花蕊的摧毁。据原诗，"狂风"译自"rough winds"[78]。从下文判断，其意当为"五月的狂风"，该诗实际上是在探讨狂风和美貌的关系。风是一种常见的地理现象，按季节有春风、夏风、秋风和冬风之分，按方向有东风、南风、西风、北风、东南风、西南风、东北风、西北风之别。英国在北半球，五月之风当属夏风。风大是英国气候的特点之一。英国经常出现的是西南风，东风甚少。最强的风通常出现于冬季：设特兰群岛首府勒威克（Lerwick）的平均风速变化幅度为一月份的

76 原诗为："My love is like a red red rose / That's newly sprung in June: / My love is like the melodie / That's sweetly played in tune."详见：*Robert Burns Selected Poems*, London: Penguin Books, 1996, p.252. 彭斯这首诗歌除了标题作"My Love Is Like A Red Red Rose"的之外，还有标题为"A Red, Red Rose"的，详见：*The Norton Anthology of English Literature*, Sixth Edition, Volume 2, New York and London: W. W. Norton & Company: 1986, p.97.译诗引自：《彭斯抒情诗选》，袁可嘉译，长沙：湖南文艺出版社，1996 年版，第 233 页。

77 田志康、康之鸣、李福芝选编《圣经诗歌全集》，北京：学苑出版社，1990 年版，第 323 页。

78 William Shakespeare, "Sonnet 18", *The Norton Anthology of English Literature*, Sixth Edition, Volume 1, New York and London: W. W. Norton & Company: 1986, p.874.

每小时三十一公里到八月份的每小时十一公里，而伦敦西郊基尤气象台（Kew Observatory）记录的平均风速变化幅度为一月份的每小时十六公里到八月份的每小时十一公里。夏季的风虽弱于冬季的风，但在时间上正好与鲜花盛开的五月吻合，具有摧毁五月鲜花的可能性。在莎士比亚这首诗歌中，夏季的狂风成了摧毁“五月宠爱的嫩蕊”的罪魁祸首。但在中国地理文化中，夏风并非如此令人生厌。刘禹锡《秋词》其一曰，“自古逢秋悲寂寥”[79]，可见悲苦之事多与秋风相关。秋风能使万物凋零萧杀，它常常具有无情的破坏能力，予人以衰败悲凉之感。《晏子春秋·内篇杂上·景公贤鲁昭公去国而自悔晏子谓无及已》：“譬之犹秋蓬也，孤其根而美枝叶，秋风一至，偾且揭矣。”[80] 刘彻《秋风辞》：“秋风起兮白云飞，草木黄落兮雁南归。兰有秀兮菊有芳，怀佳人兮不能忘。”[81]无名氏《长歌行》：“常恐秋节至，焜黄华叶衰。白川东到海，何时复西归？”[82]曹丕《燕歌行》其一：“秋风萧瑟天气凉，草木摇落露为霜。群燕辞归雁南翔，念君客游思断肠。”[83]能较好体现出秋风凋零萧杀者当属杜甫之《茅屋为秋风所破歌》：

八月秋高风怒号，
卷我屋上三重茅。
茅飞渡江洒江郊，
高者挂罥长林梢，
下者飘转沉塘坳。
南村群童欺我老无力，
忍能对面为盗贼。
公然抱茅入竹去，
唇焦口燥呼不得，
归来依杖自叹息。
俄顷风定云墨色，

79 刘禹锡撰，卞孝萱校订《刘禹锡集》（下），北京：中华书局，1990 年版，第 349 页。

80 《诸子集成》第四册，北京：中华书局，1954 年版，第 140 页。

81 郭茂倩《乐府诗集》第四册，北京：中华书局，1979 年版，第 1180 页。

82 程千帆、沈祖棻选注《古诗今选》上，上海：上海古籍出版社，1983 年版，第 3 页。

83 林庚、冯沅君主编《中国历代诗歌选》上编（一），北京：人民文学出版社，1964 年版，第 152 页。

秋天漠漠向昏黑[84]。

上元二年（公元 761 年）八月，秋风秋雨袭击杜甫居住的草堂，夜长屋漏，处境困苦。诗人推己及人，联想到天下寒士的相同命运，期望能有千万间宽敞的大屋来安置他们。这种来自切身体验和流于肺腑的呼喊，充满着真挚博大的情怀，十分感人[85]。该诗的高潮在于后半部分的抒怀，但前半部分的描写亦必不可少，它为后半部分的抒怀作了很好的铺垫，是该诗至关重要的组成部分。在对艰难困苦处境的描写中，先有怒号的八月秋风，后有草飞、庐破、雨漏、屋湿和人寒，八月秋风是造成诗人困苦处境的直接原因。就对美好事物造成无情摧毁的后果而言，杜甫的这首《茅屋为秋风所破歌》中的风和莎士比亚的那首十四行诗第十八首的风是很相似的。但就风的类型而言，两诗里的风却又不一样，一为秋风，一为夏风。在解读莎士比亚这首诗歌的过程中，有必要克服在中国地理文化中形成的对风的心理定势，自觉将其放回到英国地理文化之中。

屠岸评论说，莎士比亚的 154 首十四行诗“不仅包含着强烈的感情，而且还蕴含着深邃的思想”[86]。王佐良评论说，莎士比亚十四行诗“第十八号有一种朝露似的新鲜，情调优美而又有足够的思想深度”[87]。这首诗歌之所以“包含着强烈的感情”，“有一种朝露似的新鲜，情调优美”，主要是因为它一连设用了“夏天”、“夏天的太阳”、“云雾”、“鲜花”和“狂风”五个同英国地理文化相关的比喻，借以阐明主题：首先将贵族青年的美比作温柔的夏天、金色的夏日和含苞的花蕾，直接歌颂了贵族青年的美貌，然后说夏天的期限未免太短，夏日的金颜常被云雾遮掩，五月的鲜花又遭狂风作践，夏天、夏日和鲜花之美终会不可避免地要凋零败落，贵族青年的美貌亦将难于久留。这首诗歌之所以“蕴含着深邃的思想”，“有足够的思想深度”，主要是因为它最后话锋一转，别出心裁地作结说，真正的艺术是永不磨灭的，这首永恒的诗篇将使贵族青年得以永生，归纳出了一个“唯有文学

84 杜甫著，仇兆鳌注《杜诗详注》第二册，北京：中华书局，1979 年版，第 831-832 页。

85 吴战垒《唐诗歌三百首续编》，合肥：安徽文艺出版社，1993 年版，第 90 页。

86 《莎士比亚十四行诗一百首》，屠岸编译，北京：中国对外翻译出版社公司，1992 年版，第 v 页。

87 王佐良、李赋宁、周珏良、刘承沛主编《英国文学名篇选注》，北京：商务印书馆，1983 年版，第 93 页。

可以同时间抗衡”[88]的真理。杨岂深、孙铢评论说：“第18首一开始就把友人比作夏日，比得通俗自然而不落俗套，进而又进一步指出友人的青春，美貌更胜一筹，借诗人神笔，足以与时间抗衡，与天地共存。”[89]很明显，这首诗歌在末尾拈出了一个人类普遍面临、思考的问题，人生有限而岁月无穷，追求不朽成了一个普遍心态。中国古人认为，著书立说是使人不朽的途径之一，《左传·襄公二十四年》：“大上有立德，其次有立功，其次有立言，虽久不废，此之谓不朽。”[90]许梦熊《过南陵太白酒坊》：“莫向斜阳嗟往事，人生不朽是文章。”[91]《文心雕龙·序志》：

> 岁月飘忽，性灵不居，腾声飞实，制作而已。夫有肖貌天地，禀性五才，拟耳目于日月，方声气乎风雷，其超出万物，亦已灵矣。形同草木之脆，名逾金石之坚，是以君子处世，树德建言，岂好辩哉？不得已也[92]！

至于莎士比亚十四行诗第十八首的主题，评论界的看法较为一致。金立群说：“此诗说明人的美貌虽胜过自然之美，但是最终将因时光流逝而衰老，只有诗歌能使人的美丽亘古长新。”[93]吴笛说，此诗“是表达艺术与时间抗衡这一思想的代表性诗篇”[94]。屠岸说：“诗人企图用诗来使他所爱的人的‘上天的笔触’的美永生。诗人用来描绘对方的美的每一个比喻，如‘夏日’、‘花’、‘天的巨眼’（太阳），都有缺点，但诗人能使他爱友的美在诗的表现中克服时间。”[95]索金梅说：“这首十四行诗经得起时间的考验，从而可以达到永恒，把爱人的美丽在将来一代一代地传递下去。”[96]张剑、赵冬、王文

88 王佐良、李赋宁、周珏良、刘承沛主编《英国文学名篇选注》，北京：商务印书馆，1983年版，第93页。
89 杨岂深、孙铢主编《英国文学选读》第一册，上海：上海译文出版社，1981年版，第46页。
90 阮元校刻《十三经注疏》下册，北京：中华书局，1980年版，第1979页。
91 王琦注《李太白全集》中册，北京：中华书局，1977年版，第1506页。
92 郭绍虞、罗根泽主编，范文澜注《文心雕龙注》（下），北京：人民文学出版社，1958年版，第725页。
93 王佐良主编，金立群注释《英国诗选》（注释本），上海：上海译文出版社，1993年版，第94页。
94 吴笛、吴斯佳主编《外国诗歌鉴赏辞典》1（古代卷），上海：上海辞书出版社，2009年版，第1044页。
95 《莎士比亚十四行诗集》，屠岸译，上海：上海译文出版社，1988年版，第37页。
96 索金梅著《英国文学史》，天津：南开大学出版社，2009年版，第69页。

丽说：“‘我的’诗歌给了你的美丽以永恒。从这个意义上看，这首十四行诗也是关于艺术与诗歌的永恒的。”[97]其实，这首诗竭力阐明的主题和中国古人以著书立说追求不朽的价值观或多或少有些相通之处，并无太多过人之处。但从比喻运用的角度看，这首诗的确非同凡响。不过，对于地理文化背景迥然不同的中国读者来说，要真正弄懂这些比喻的奇妙之处并恰当欣赏全诗，需要充分克服本国地理文化的干扰，将之放回到英国地理文化之中，实行跨文化的阅读。

97 张剑、赵冬、王文丽编著《英美诗歌选读》，北京：外语教学与研究出版社，2008年版，第22页。

卡登意象理论视阈下《诗经·伐木》中的意象

意象在中国传统诗学中居于重要的地位，有“驭文之首术，谋篇之大端”[1]之誉。英语中同“意象”对应的是“image”，在西方现代诗学尤其是意象主义中具有举足轻重的意义。意象的运用因人、因事、因物、因时、因地、因情感、因主题、因目的之不同而不同，其归类之法亦不止一种。中国传统诗学一般把意象分为三类，一是赋，“敷陈其事而直言之者也”[2]，二是比，“以彼物比此物也”[3]，三是兴，“先言他物以引起所咏之词也”[4]。根据物象本身的性质，意象可划分为五类，一是自然意象，如天文、地理、动物、植物等，二是社会意象，如战争、游宦、渔猎、农耕、宴饮、婚嫁、丧悼等，三是人类自身意象，如肤发、四肢、五官、五脏、心理等，四是人类的创造物意象，如建筑、器物、服饰、城市、道路、车辆，等，五是人类的虚构物意象，如神仙、鬼怪、梦幻、灾异、天界、冥界等。廖七一把意象分成三类，一是废弃或陈腐意象，二是常规或标准意象，三是独创或新鲜意象[5]。刘若愚将意象分为

1 刘勰《文心雕龙·神思》，郭绍虞、罗根泽主编，范文澜注《文心雕龙注》（下），北京：人民文学出版社，1958 年版，第 493 页。
2 朱熹集注《诗集传》，上海：上海古籍出版社，1958 年版，第 3 页。
3 朱熹集注《诗集传》，上海：上海古籍出版社，1958 年版，第 4 页。
4 朱熹集注《诗集传》，上海：上海古籍出版社，1958 年版，第 1 页。
5 廖七一编著《当代西方翻译理论探索》，南京：译文出版社，2000 年版，第 221 页。

两类，一类简单意象（simple imagery），即以一个意象喻示，二是复合意象（compound imagery），即以数个意象喻示[6]。约翰·安东尼·卡登（John Anthony Cuddon）编的修订版《文学术语词典》（*A Dictionary of Literary Terms*〈Revised Edition〉）在论及意象分类时说："意象可以是视觉的（涉及眼睛）、嗅觉的（气味）、触觉的（触感）、听觉的（听得见）、味觉的（滋味）、抽象的（出现于可以描述为思维逻辑领悟力的情况中）与动觉的（涉及到运动的感觉和身体的努力）。"[7]实际上把"意象"分成了视觉意象（visual image）、听觉意象（auditory image）、嗅觉意象（olfactory image）、触觉意象（tactile image）、味觉意象（gustatory image）、动觉意象（kinaesthetic image）与抽象意象（abstract image）七类。这七类意象之内部亦可流动，意象之间可转换叠加，以此构成意象和弦（image chord），或曰意象复杂、意象复合、意象综合、意象组合。中国文学史上大量而成功的意象运用可以追溯至《诗经》，《小雅·伐木》就是一个好的例子。卡登的七分法对意象的切割十分精细，用这一理论来研究《伐木》，当有新的发现。

《伐木》凡三章，章十二句：

伐木丁丁，
鸟鸣嘤嘤。
出自幽谷，
迁于乔木。
嘤其鸣矣，
求其友声。
相彼鸟矣，
犹求友声。
矧伊人矣，
不求友生。
神之听之，
终和且平。

伐木许许，

6 张伯伟著《中国古代文学批评方法研究》，北京：中华书局，2002年版，第254页。

7 John Anthony Cuddon, *A Dictionary of Literary Terms*, Revised Edition, London: André Deutsch Limited, 1979, p.323.

酾酒有藇。
既有肥羜，
以速诸父。
宁适不来，
微我弗顾。
於粲洒埽，
陈馈八簋。
既有肥牡，
以速诸舅。
宁适不来，
微我有咎。

伐木于阪，
酾酒有衍。
笾豆有践，
兄弟无远。
民之失德，
干餱以愆。
有酒湑我。
无酒酤我。
坎坎鼓我，
蹲蹲舞我。
迨我暇矣，
饮此湑矣[8]。

这首诗歌虽然不长，总共才36句，但是却包涵了视觉意象、听觉意象、嗅觉意象、触觉意象、味觉意象、动觉意象、抽象意象和意象合弦，意象非常丰富。各意象之间的关系是相辅相存的，它们既相互作用、相互独立，又相互联系、相互依存，构思非常巧妙，十分值得研究。

一、《伐木》中的视觉意象

《伐木》中的视觉意象主要是通过一些名词、形容词、副词和数词来构

8 阮元校刻《十三经注疏》上册，北京：中华书局，1980年版，第410-411页。

成的。

第一，通过一些名词来构成视觉意象。如第一章中的“谷”、“木”和“鸟”，第二章中的“酒”、“羜”、“父”、“馈”、“簋”、“牡”和“舅”，第三章中的“阪”、“酒”、“笾”、“豆”、“兄”、“弟”、“餱”等。在现代汉语中，“谷”、“木”、“鸟”、“父”、“舅”、“酒”、“阪”、“兄”和“弟”均系普通名词，但“羜”、“馈”、“簋”、“牡”、“笾”、“豆”和“餱”却不常用。羜，毛亨传：“羜，未成羊也。”[9]孔颖达疏：“《释畜》云：‘未成羊曰羜’。郭璞曰：‘今俗呼五月羔为羜是也。’”[10]朱熹注：“羜，未成羊也。”[11]程俊英、蒋见元注：“羜，出生不久的羊。”[12]诸父，诸舅，《毛传·伐木》：“天子谓同姓诸侯，诸侯谓同姓大夫，皆曰父。异姓则称舅。”[13]孔颖达：“《礼》，天子谓同姓诸侯，诸侯谓同姓大夫，皆曰父。异姓则称舅。故曰‘诸父’‘诸舅’也。《礼记》注云：‘称之以父与舅，亲亲之辞也。’《觐礼》说天子呼诸侯之义，曰：‘同姓大国则曰伯父，其异姓则曰伯舅，同姓小国则曰叔父，异姓则曰叔舅。’是天子称诸侯也。《左传》隐公谓臧僖伯曰：‘叔父有憾于寡人。’郑厉公谓原繁曰：‘愿与伯父图之。’《礼记》卫孔悝之《鼎铭》云：‘公曰叔舅。’是诸侯称大夫父舅之文也。”[14]朱熹注：“诸父，朋友之同姓而尊者也。”[15]程俊英、蒋见元注：“诸父，对同姓长辈的通称。”[16]牡，程俊英、蒋见元注：“牡，此处指公羊。”[17]严粲：“《疏》曰：‘肥羜曰牡。’”[18]诸舅，朱熹注：“诸舅，朋友之异姓而尊者也。”[19]程俊英、蒋见元注：“诸舅，对异姓长辈的通称。”[20]阪，《诗经词典》：“阪，坡；山坡。”[21]程俊英、蒋

9 《唐宋注疏十三经》第一册，北京：中华书局，1998 年版，第 219 页。
10 《唐宋注疏十三经》第一册，北京：中华书局，1998 年版，第 219 页。
11 朱熹集注《诗集传》，上海：上海古籍出版社，1958 年版，第 104 页。
12 程俊英、蒋见元著《诗经注析》下册，北京：中华书局，1991 年版，第 455 页。
13 阮元校刻《十三经注疏》上册，北京：中华书局，1980 年版，第 411 页。
14 阮元校刻《十三经注疏》上册，北京：中华书局，1980 年版，第 411 页。
15 朱熹集注《诗集传》，上海：上海古籍出版社，1958 年版，第 104 页。
16 程俊英、蒋见元著《诗经注析》下册，北京：中华书局，1991 年版，第 455 页。
17 程俊英、蒋见元著《诗经注析》下册，北京：中华书局，1991 年版，第 456 页。
18 金启华译注《诗经全译》，南京：江苏古籍出版社，1984 年版，第 366 页。
19 朱熹集注《诗集传》，上海：上海古籍出版社，1958 年版，第 104 页。
20 程俊英、蒋见元著《诗经注析》下册，北京：中华书局，1991 年版，第 456 页。
21 程俊英、蒋见元著《诗经注析》下册，北京：中华书局，1991 年版，第 8 页。

见元注："阪，山坡。"[22]《说文·阜部》："坡者曰阪。"[23]馈，《诗经词典》："馈，送给人吃的食物。""《传疏》引《周礼·膳人》郑注：'进食物于尊者曰馈。'"[24]程俊英、蒋见元注："馈，食物。"[25]簋，《说文·竹部》："簋，黍稷方器也。簠，黍稷圆器也。"[26]毛亨传："圆曰簋，天子八簋。"[27]疑毛传有误。吴闿生注："圆曰簋，方曰簠。"[28]《汉语大字典》："簋，古代盛食物的器皿，也用作礼器。或竹木制，或陶土烧制，或以青铜铸造。形状不一，一般为圆腹、侈口、圈足。"[29]《诗经词典》："古代食器，圆口，圈足，两耳（或四耳），方座，有的带盖。青铜制或陶制。"[30]朱熹注："八簋，器之盛也。"[31]程俊英、蒋见元注："簋，圆形的盛食器。按八簋是贵族宴会很隆重的礼节。据《仪礼·聘礼》。《公食大夫礼》诸侯燕群臣及他国的使臣皆八簋。"[32]笾，《汉语大字典》："笾，古时祭祀和宴会用以盛干食品的竹器。"[33]《说文·竹部》："笾，竹豆也。"[34]朱骏声通训定声："笾盛干物。"[35]《诗经词典》："笾，古代祭祀或宴会时盛果脯的竹器，形状象高脚盘。"[36]豆，《说文·豆部》："豆，古食肉器也。"[37]段玉裁注："豆，古食肉器也。"[38]《诗经·豳风·伐柯》："我觏之子，

---

22 程俊英、蒋见元著《诗经注析》下册，北京：中华书局，1991 年版，第 456 页。
23 许慎撰《说文解字》，北京：中华书局，1963 年版，第 304 页。
24 向熹编《诗经词典》，成都：四川人民出版社，1986 年版，第 253 页。
25 程俊英、蒋见元著《诗经注析》下册，北京：中华书局，1991 年版，第 456 页。
26 许慎撰《说文解字》，北京：中华书局，1963 年版，第 97 页。
27 《汉魏古注十三经》上册，北京：中华书局，1998 年版，第 69 页。
28 金启华译注《诗经全译》，南京：江苏古籍出版社，1984 年版，第 366 页。
29 徐中舒主编《汉语大字典》（中），成都：四川辞书出版社 / 武汉：湖北辞书出版社，1995 年版，第 3011 页。
30 向熹编《诗经词典》，成都：四川人民出版社，1986 年版，第 149 页。
31 朱熹集注《诗集传》，上海：上海古籍出版社，1958 年版，第 104 页。
32 程俊英、蒋见元著《诗经注析》下册，北京：中华书局，1991 年版，第 456 页。
33 徐中舒主编《汉语大字典》（中），成都：四川辞书出版社 / 武汉：湖北辞书出版社，1995 年版，第 3034 页。
34 许慎撰《说文解字》，北京：中华书局，1963 年版，第 97 页。
35 徐中舒主编《汉语大字典》（中），成都：四川辞书出版社 / 武汉：湖北辞书出版社，1995 年版，第 3034 页。
36 向熹编《诗经词典》，成都：四川人民出版社，1986 年版，第 21 页。
37 许慎撰《说文解字》，北京：中华书局，1963 年版，第 102 页。
38 徐中舒主编《汉语大字典》（中），成都：四川辞书出版社 / 武汉：湖北辞书出版社，1995 年版，第 3034 页。

笾豆有践。”[39]朱熹注：“笾，竹豆也。豆，木豆也。”[40]《诗经·大雅·生民》：“卬盛于豆，于登于瓦。”[41]毛亨传：“木曰豆，瓦曰登。豆，薦菹醢也。登，大羹也。”[42]朱骏声通训定声：“豆盛湿物，笾盛干物。豆重而笾轻。”[43]兄弟，程俊英、蒋见元注：“兄弟，指同辈的亲友。”[44]餱，毛亨传：“餱，食也。”[45]《说文·食部》：“餱，干食也。”[46]朱熹注：“干餱，食之薄者也。”[47]程俊英、蒋见元注：“干餱即干粮，如今之饽饽、饼干。”[48]《诗经·小雅·无羊》：“何蓑何笠，或负其餱。”[49]《诗经词典》：“餱，干粮。”[50]

第二，通过一些形容词、副词和数词来构成视觉意象。如第一章中的“幽”和“乔”，第二章中的“釃”、“藇”、“肥”、“诸”、“八”和“粲”，第三章中的“釃”、“衍”、“干”和“蹲蹲”等。其中，“幽”、“乔”、“釃”、“肥”、“八”和“干”分别同后面的名词一起组成了偏正词组“幽谷”、“乔木”、“釃酒”、“肥羜”、“八簋”和“干餱”。幽，毛亨传：“幽，深。”[51]朱熹：“幽，深。”[52]幽谷即深谷。乔，毛亨传：“乔，高也。”[53]朱熹注：“乔，高。”[54]程俊英、蒋见元注：“乔，高。”[55]《诗经词典》：“乔，高。”[56]乔木，程俊英、蒋见元注：“乔木，高树。”[57]

39 阮元校刻《十三经注疏》上册，北京：中华书局，1980年版，第399页。
40 朱熹集注《诗集传》，上海：上海古籍出版社，1958年版，第96页。
41 阮元校刻《十三经注疏》上册，北京：中华书局，1980年版，第532页。
42 《汉魏古注十三经》上册，北京：中华书局，1998年版，第128页。
43 徐中舒主编《汉语大字典》(中)，成都：四川辞书出版社/武汉：湖北辞书出版社，1995年版，第3034页。
44 程俊英、蒋见元著《诗经注析》下册，北京：中华书局，1991年版，第456页。
45 《汉魏古注十三经》上册，北京：中华书局，1998年版，第69页。
46 许慎撰《说文解字》，北京：中华书局，1963年版，第107页。
47 朱熹集注《诗集传》，上海：上海古籍出版社，1958年版，第104页。
48 程俊英、蒋见元著《诗经注析》下册，北京：中华书局，1991年版，第457页。
49 阮元校刻《十三经注疏》上册，北京：中华书局，1980年版，第438页。
50 向熹编《诗经词典》，成都：四川人民出版社，1986年版，第165页。
51 《汉魏古注十三经》上册，北京：中华书局，1998年版，第69页。
52 朱熹集注《诗集传》，上海：上海古籍出版社，1958年版，第103页。
53 《汉魏古注十三经》上册，北京：中华书局，1998年版，第69页。
54 朱熹集注《诗集传》，上海：上海古籍出版社，1958年版，第103页。
55 程俊英、蒋见元著《诗经注析》下册，北京：中华书局，1991年版，第454页
56 向熹编《诗经词典》，成都：四川人民出版社，1986年版，第358页。
57 程俊英、蒋见元著《诗经注析》下册，北京：中华书局，1991年版，第454页。

釃，《说文·酉部》："釃，下酒也。"[58]马瑞辰注："釃酒，正当从《说文》醇酒之训。"[59]醇者，美也，故釃酒即美酒。肥羜即肥的小羊。八簋即八个簋这种器皿。干餱即干粮。在这些前偏后正的名词词组中，形容词和数词不仅本身已构成意象，而且还进一步强化了由名词构成的意象。藇，甘美，毛亨传："美貌。"[60]马瑞辰："此诗有藇有衍，皆训为美貌。"[61]粲，毛亨传："粲，鲜明貌。"[62]朱熹注："粲，鲜明貌。"[63]陈奂《传疏》："鲜明，犹言清净也。"[64]程俊英、蒋见元注："此句言把宴会厅堂打扫得干干净净。"[65]粲洒埽即洒扫光，"粲"作"洒埽"的状语。衍，毛亨传："衍，美貌。"[66]朱熹："衍，多也。"[67]程俊英、蒋见元注："有衍，即衍衍，丰满貌。"[68]陈奂《传疏》："衍谓多溢之美也。"[69]衍者，言其美也，故衍即满溢。蹲蹲，毛亨传："蹲蹲，舞貌。"[70]朱熹："蹲蹲，舞貌。"[71]程俊英、蒋见元注："蹲蹲，舞步合乐的姿态。"[72]蹲蹲舞即翩翩起舞，"蹲蹲"充当"舞"的状语。

《伐木》通过"谷"、"木"、"鸟"、"酒"、"羜"、"父"、"馈"、"簋"、"牡"、"舅"、"阪"、"酒"、"笾"、"豆"、"兄"、"弟"、"餱"等名词和"幽"、"乔"、"釃"、"藇"、"肥"、"诸"、"八"、"粲"、"釃"、"衍"、"干"、"蹲蹲"等形容词、副词和数词构建出了一些视觉意象，这些视觉意象汇聚成了一幅幅鲜明、生动的画面，这些画面给读者在视觉上带来了极大的美感。

---

58 许慎撰《说文解字》，北京：中华书局，1963年版，第312页。
59 金启华译注《诗经全译》，南京：江苏古籍出版社，1984年版，第366页。
60 阮元校刻《十三经注疏》上册，北京：中华书局，1980年版，第411页。
61 金启华译注《诗经全译》，南京：江苏古籍出版社，1984年版，第366页。
62 《汉魏古注十三经》上册，北京：中华书局，1998年版，第69页。
63 朱熹集注《诗集传》，上海：上海古籍出版社，1958年版，第104页。
64 程俊英、蒋见元著《诗经注析》下册，北京：中华书局，1991年版，第456页。
65 程俊英、蒋见元著《诗经注析》下册，北京：中华书局，1991年版，第456页。
66 《汉魏古注十三经》上册，北京：中华书局，1998年版，第69页。
67 朱熹集注《诗集传》，上海：上海古籍出版社，1958年版，第104页。
68 程俊英、蒋见元著《诗经注析》下册，北京：中华书局，1991年版，第456页。
69 程俊英、蒋见元著《诗经注析》下册，北京：中华书局，1991年版，第456页。
70 《汉魏古注十三经》上册，北京：中华书局，1998年版，第69页。
71 朱熹集注《诗集传》，上海：上海古籍出版社，1958年版，第104页。
72 程俊英、蒋见元著《诗经注析》下册，北京：中华书局，1991年版，第457页。

二、《伐木》中的听觉意象

《伐木》中的听觉意象主要是通过一些叠音词来构成的。如第一章中的“丁丁”和“嚶嚶”，第二章中的“许许”，第三章中的“坎坎”等。“丁丁”、“嚶嚶”、“许许”和“坎坎”这些叠音词实际上都是拟声词。丁丁是伐木之声，毛亨传：“丁丁，伐木声也。”[73]朱熹注：“丁丁，伐木声。”[74]方玉润：“丁丁，伐木相应声。”[75]嚶嚶是鸟和鸣之声，郑玄笺：“嚶嚶，两鸟声也。”[76]朱熹注：“嚶嚶，鸟声之和也。”[77]

至于“许许”，治诗者有不同的阐释，归纳起来有四种：

其一，许许为柿之貌。苏辙、徐光启、陈启源、惠栋、唐婷等从此说。《毛传·伐木》：“许许，柿貌。”[78]唐婷《〈诗经·伐木〉考释》：

> “伐木许许”在传播过程中有三种版本：“伐木许许”“伐木所所”“伐木浒浒”。据庄述祖及胡承珙所考，本无“浒”字，唐石经“依声托义”（胡氏语）遂为“浒浒”，则“浒浒”不足据。再者，马瑞辰认为《说文》本“三家诗”作“所所”，王先谦亦有“三家诗”作“所所”之论，则三家诗写作“所所”。胡承洪云：“《说文》：‘所，伐木声也。’引《诗》‘伐木所所’。惠氏《古义》曰：‘许、所，古通字。’《礼说》曰：‘所者削柿，犹斯者析薪，故斯、所皆从斤。’《说文》依《毛诗》而曰‘所所，伐木声。’寻诗意，《毛》说为长。承珙又案：‘许’说盖出三家。‘许许’固柿貌，而削柿亦当有声，义本相足。”胡氏确信“‘许许’固柿貌”，是因许、所二字通用的缘故。而他认为“许许”来自“三家诗”，《说文》作“所所”是依据《毛诗》。这里便暗含了一个信息，即胡氏认为《毛诗》原本作“伐木所所”，“所所”正是《毛诗》训“柿貌”的直接根据。而“三家诗”亦作“所所”，上文以明。故愚以为“所所”应是最初版本[79]。

---

73 《汉魏古注十三经》上册，北京：中华书局，1998年版，第69页。
74 朱熹集注《诗集传》，上海：上海古籍出版社，1958年版，第103页。
75 转引自：金启华译注《诗经全译》，南京：江苏古籍出版社，1984年版，第365页。
76 《汉魏古注十三经》上册，北京：中华书局，1998年版，第69页。
77 朱熹集注《诗集传》，上海：上海古籍出版社，1958年版，第103页。
78 阮元校刻《十三经注疏》上册，北京：中华书局，1980年版，第411页。
79 唐婷《〈诗经·伐木〉考释》，《保定学院学报》，2016年第1期，第74页。

其二，许许为共力伐木之貌。郝敬、张次仲、范处义等从此说。范处义：“众相许与，共力伐木之貌。”[80]吕祖谦引程子之言，亦以为“许许”为“共力之状”。

其三，许许为伐木之声。梁寅、丰坊、马瑞辰、高亨、陈子展、屈万里、糜文开、程俊英、蒋见元等从此说。杨树达《积微居小学述林·释许》：“按‘所’与‘许’古音同，故《毛诗》作‘伐木许许’。运斤伐木有声谓之‘所’，持杵擣粟人有声谓之‘许’。字音同，故义亦相近矣。”《说文》：“所，伐木声也。从斤户声。《诗》曰：‘伐木所所’。”[81]程俊英、蒋见元注：

> 许许，象声词。或作浒浒，皆“所”之假借。《说文》：“所，伐木声也，从斤，户声。《诗》曰：‘伐木所所。’《毛传》：‘许许，柿貌。’”《说文》：“柿，削木朴也。朴，木皮也。”可见许许是锯树皮的声音。《说文》段注：“丁丁，刀斧声。所所，锯声。”[82]

其四，许许为共力之声。朱熹、杨简、严粲、季本、王夫之、郝懿行、方玉润等从此说。朱熹认为，许许是伐木者劳动时发出的号子之声，《诗集传》：“许许，众人共力之声。《淮南子》曰：‘举大木者呼邪许。’盖举重劝力之歌也。”[83]

以上四说，各有理据，孰是孰非，实难定夺。第一“柿之貌”说与第二“共力伐木之貌”说中的“许许”是名词，构成的是视觉意象。不过，第三“伐木之声”说与第四“共力之声”说中的“许许”却是拟声词，构成的是听觉意象。

坎坎是击鼓之声，朱熹：“坎坎，击鼓声。”[84]郑玄笺：“为我击鼓，坎坎然。”[85]程俊英、蒋见元注：

> 坎坎，有节奏的击鼓声。王先谦《集疏》：“坎坎者，击鼓之声。与舞之节奏相应，故《释文》引《说文》云：‘舞曲也。’”[86]

80 范处义《诗补传》影印文渊阁四库全书第 72 册，台北：台湾商务印书馆，1986 年版，第 183 页。
81 段玉裁《说文段注》，上海：上海古籍出版社，1983 年版，第 717 页。
82 程俊英、蒋见元著《诗经注析》下册，北京：中华书局，1991 年版，第 455 页。
83 朱熹集注《诗集传》，上海：上海古籍出版社，1958 年版，第 104 页。
84 朱熹集注《诗集传》，上海：上海古籍出版社，1958 年版，第 104 页。
85 《汉魏古注十三经》上册，北京：中华书局，1998 年版，第 69 页。
86 程俊英、蒋见元著《诗经注析》下册，北京：中华书局，1991 年版，第 457 页。

嘤嘤是鸟鸣之声，许许是号子之声，丁丁是伐木之声，坎坎是击鼓之声，鸟鸣声、号子声、伐木声、击鼓声相渗相和、相映成趣。这些自然和人为的声音宛如一个个音符，或低婉，或高昂，或舒缓，或急越，构筑出了一个个乐章，既是独奏，又是合奏。《伐木》通过“丁丁”、“嘤嘤”、“许许”和“坎坎”这些叠音词构建出了一些听觉意象，读者亦因之如睹其情、如闻其声，在听觉上获得了很大的审美愉悦。

三、《伐木》中的嗅觉意象

《伐木》中的嗅觉意象是通过名词“酒”、“湑”、“酤”和形容词“釃”构成的。第二章和第三章分别用了 1 个和 3 个“酒”字，全诗共用了 4 个“酒”字。“酒”字的反复使用使酒的意象得到了加强。第二章用了 2 个“湑”字，湑系酒类，与清酒似，《说文 · 水部》：“湑，茜酒也。”[87]马瑞辰注：“茜，古缩字。”“茜酒必浚之漉之，去其渣。尤《说文》训揟为取水沮。沮即今之渣字也。”[88]第二章用了 1 个“酤”字，酤亦系酒类，与鸡鸣酒似，毛亨传：“酤，一宿酒也。”[89]《说文 · 酉部》：“酤，一宿酒也。”[90]小徐注《说文》：“一宿酒。谓造之一夜而熟，若今鸡鸣酒是也。”[91]第二和第三章各有一个“釃”字，放在“酒”前作定语，构成偏正词组“釃酒”。釃酒者，美酒也。釃酒、湑和酤皆为酒，酒之浓烈、寡淡、酸苦、香美可鼻嗅之。这些嗅觉意象仿佛让读者感觉到有阵阵酒香正从字里行间飘逸而出，扑鼻而来。

四、《伐木》中的触觉意象

《伐木》中的触觉意象是通过动词来构成的，如第一章中的“伐”，第二章中的“伐”、“洒”和“扫”，第三章中的“伐”、“鼓”和“舞”等。这些动词的运用，使读者好象用感触器官感觉到了伐木工具的挥动、树木的颤动和轰隆倒地、洒扫工具在手中的舞动、咚咚的击鼓和翩翩的舞姿。诸如此类，不一而足。

---

87 许慎撰《说文解字》，北京：中华书局，1963 年版，第 236 页。
88 金启华译注《诗经全译》，南京：江苏古籍出版社，1984 年版，第 366 页。
89 《汉魏古注十三经》上册，北京：中华书局，1998 年版，第 69 页。
90 许慎撰《说文解字》，北京：中华书局，1963 年版，第 312 页。
91 金启华译注《诗经全译》，南京：江苏古籍出版社，1984 年版，第 367 页。

五、《伐木》中的味觉意象

《伐木》中的味觉意象是通过一些形容词和名词来构成的。

其一，通过一些形容词来构成味觉意象。如第二章中的“藇”和“肥”，第三章中的“湑”等。藇，朱熹注：“藇，美貌。”[92]程俊英、蒋见元注：“有藇，即藇藇，三家《诗》亦作藇藇，形容酒味美。《玉篇》：‘藇，酒之美也。’”[93]

其二，通过一些名词来构成味觉意象。如第二章中的“酒”和“酤”等。酒之浓烈寡淡、酸苦香美，既可鼻嗅，亦可口尝。肉之肥瘦香美，亦可作用于味觉器官，故“湑”、“藇”、“肥”、“酒”和“酤”已构成了味觉意象。

六、《伐木》中的动觉意象

德国批评家、剧作家戈托德·伊弗雷姆·莱辛（Gottold Ephraim Lessing，1729-1781）在《拉奥孔：论绘画和诗的界限》（“Laokoonoder ü ber die Grenzender Malerei und Poesie”）中写道：

> 诗还可用另外一种方法，在描绘物体美时赶上艺术，那就是化美为媚，媚是在动态中的美，正因为是在动态中，媚由诗人写比由画家写就更适宜[94]。

《伐木》运用动觉意象的构建实现了化美为媚的艺术追求。诗中的动觉意象主要是通过一些动词来构成的。如第一章中的“伐”、“鸣”、“出”、“迁”、“求”、“相”、“神”和“听”，第二章中的“伐”、“湑”、“湑”、“有”、“速”、“来”、“顾”、“扫”和“陈”，第三章中的“伐”、“有”、“践”、“失”、“鼓”、“舞”、“迨”和“饮”等。湑，毛亨传：“以筐曰湑。”[95]朱熹注：“湑酒者，或以筐，或以草，泲之而去其糟也。”[96]程俊英、蒋见元注：“湑，滤，做酒时用筐滤酒去其糟。”[97]湑，程俊英、蒋见元注：

---

92 朱熹集注《诗集传》，上海：上海古籍出版社，1958 年版，第 104 页。
93 程俊英、蒋见元著《诗经注析》下册，北京：中华书局，1991 年版，第 455 页。
94 伍蠡甫主编《西方文论选》上卷，上海：上海译文出版社，1979 年版，第 423 页。
95 《汉魏古注十三经》上册，北京：中华书局，1998 年版，第 69 页。
96 朱熹集注《诗集传》，上海：上海古籍出版社，1958 年版，第 104 页。
97 程俊英、蒋见元著《诗经注析》下册，北京：中华书局，1991 年版，第 455 页。

> 湑，用溲箕过滤酒。毛亨传："以薮曰湑。"薮即籔之借字，今人叫做溲箕。釃酒是用盛饭的筐滤糟，其器较细；湑酒用洗米的溲箕滤糟，其器较粗。籔和筐都是用竹片编成的[98]。

速，朱熹注："速，召也。"[99]程俊英、蒋见元注："速，召，邀请。"[100]迁，程俊英、蒋见元注："迁，升。"[101]《说文·辵部》："迁，登也。"[102]郑玄笺："迁，徙也。"[103]朱熹注："迁，升。"[104]舞，郑玄笺："为我兴舞，蹲蹲然，谓以乐乐己。"[105]陈，郑玄笺："践，陈列貌。"[106]朱熹注："践，陈列貌。"[107]程俊英、蒋见元注："陈，陈列。"[108]孙华祥《论丁尼生的诗〈鹰〉中的意象创作》：

> 诗的语言之美，首先是具象之美，而诗歌语言的具象，不是对变动不居的生活作客观的死板的模拟，也不是对流动的审美情思做凝固化的处理，而是以富有动态美感的语言，描绘出动态之"象"。动既符合物质存在的哲学意义，又体现着诗歌创作的美学追求；动是一切物的灵魂，也是诗的内在力量[109]。

《伐木》通过"伐"、"鸣"、"出"、"迁"、"求"、"相"、"神"、"听"、"伐"、"釃"、"湑"、"有"、"速"、"来"、"顾"、"扫"、"陈"、"伐"、"有"、"践"、"失"、"鼓"、"舞"、"迨"和"饮"等动词构建出了一系列动觉意象。在这些动觉意象中，"鸣"、"出"和"迁"由鸟发出；"求"既由鸟亦由人发出；"伐"、"相"、"神"、"听"、"有"、"速"、"来"、"顾"、"扫"、"陈"、"践"、"失"、"鼓"、"舞"、"迨"和"饮"则全由人发出。它们仿佛让读者看到了一幅幅富有

98 程俊英、蒋见元著《诗经注析》下册，北京：中华书局，1991年版，第457页。
99 朱熹集注《诗集传》，上海：上海古籍出版社，1958年版，第104页。
100 程俊英、蒋见元著《诗经注析》下册，北京：中华书局，1991年版，第455页。
101 程俊英、蒋见元著《诗经注析》下册，北京：中华书局，1991年版，第453页。
102 许慎撰《说文解字》，北京：中华书局，1963年版，第40页。
103 《汉魏古注十三经》上册，北京：中华书局，1998年版，第69页。
104 朱熹集注《诗集传》，上海：上海古籍出版社，1958年版，第103页。
105 《汉魏古注十三经》上册，北京：中华书局，1998年版，第69页。
106 《汉魏古注十三经》上册，北京：中华书局，1998年版，第69页。
107 朱熹集注《诗集传》，上海：上海古籍出版社，1958年版，第104页。
108 程俊英、蒋见元著《诗经注析》下册，北京：中华书局，1991年版，第456页。
109 孙华祥《论丁尼生的诗〈鹰〉中的意象创作》，《外国文学研究》，1998年第2期，第32页。

动感的画面，亲朋欢宴时之热闹气氛活灵活现、如在眼前。

七、《伐木》中的抽象意象

《伐木》中的抽象意象是由第一章中的几个诗句构成的：

相彼鸟矣，
犹求友声。
矧伊人矣，
不求友生。
神之听之，
终和且平。

写鸟求友声者，喻人必需朋友也。林中飞鸟，嘤嘤鸣叫，以寻求朋友的回应之声，由此引出了思考和反诘：树中之鸟类，犹在不断地鸣叫，以寻求朋友的回鸣。世间的人类，难道能自我分隔，不要朋友之应和吗？只要明白了这一求友的道理，内心就能得到神明赐予的和乐与安宁。这是颇具哲理的反思和评论，它能作用于读者的理智，构成抽象意象。抽象意象的运用，使读者的理性得到拔升，从而产生理智的愉悦。朱熹注：“人能笃朋友之好，则神之听之，终和且平矣。”[110]

八、《伐木》中的意象和弦

考瑟尔·戴·刘易斯（Cocil Day Lewis，1904-1972）在《诗的意象》（*Poetic Image*）中说：“一首诗可能本身就是由多种意象组成的意象。”[111]刘易斯在这里所说的“多种意象组成的意象”，其实就是意象和弦。《伐木》就是这样的诗歌，它“本身就是由多种意象组成的意象”。这可以从三个方面看出来：

首先，《伐木》在同一诗歌中使用了不只一种意象。如上所述，诗中同时使用了视觉意象、听觉意象、嗅觉意象、触觉意象、味觉意象、动觉意象和抽象意象 7 种意象，这属于典型的意象合弦。

其次，《伐木》在同一诗句中使用了不只一种意象。如：在第一章中，“伐木丁丁”中“伐”为动觉意象，“丁丁”为听觉意象；“出自幽谷”中“出”为动觉意象，“幽谷”为视觉意象；“迁于乔木”中“迁”为动觉意象，“乔

110 朱熹集注《诗集传》，上海：上海古籍出版社，1958 年版，第 103 页。
111 M. H. 阿伯拉姆著《简明外国文学词典》，曾忠禄、郑子红、邓建标译，长沙：湖南人民出版社，1987 年版，第 150 页。

木”为视觉意象。在第二章中，“以速诸父”中“速”为动觉意象，“诸父”为视觉意象；“於粲洒扫”中“粲”为视觉意象，“洒扫”为动觉意象；“陈馈八簋”中“陈”为动觉意象，“八簋”为视觉意象。在第三章中，“坎坎鼓我”中“坎坎”为听觉意象，“鼓”为动觉意象；“蹲蹲舞我”中“蹲蹲”为视觉意象，“舞”为动觉意象；“饮此湑矣”中“饮”为动觉意象，“湑”为视觉意象。

最后，《伐木》在同一语符构成了不只一种意象。如：第一至三章中的“伐”，第二章中的“洒”、“扫”和第三章中的“鼓”、“舞”，不仅是动觉意象，而且是触觉意象；第二、三章中的“釃酒”、“湑”和“酤”不仅是味觉意象，而且是嗅觉意象。意象合弦尤其是两种或多种意象的兼用，可收到奇妙的审美功效。如：“伐木丁丁，鸟鸣嘤嘤。出自幽谷，迁于乔木。”既有飞鸟、深谷和高木之视觉意象，又有丁丁和嘤嘤之听觉意象，同时还有伐、出和迁之动觉意象，可谓绘声、绘色、绘静、绘动，使读者如闻其声、如睹其状、如见其动、如视其静，从中得到了多种审美享受。

就表现的形式而言，意象是一定的语言材料。刘炳善《英国文学漫话》（*Free Talk on English Literature*）：“意象的意思是‘文字图画’，也就是说，用文字绘成的图画。”“诗歌能够通过意象描绘出真与美的图画。”[112]刘易斯《诗的意象》：“就是一幅以词语表现的画；……”[113]就表现的内容而言，意象是情感化了的物象。秦秀白《文体学概论》：“所谓意象，就是用具体的形象或画面来表现人们在理智和感情方面的体会和经验。”[114]艾青《诗论》：“意象是诗人从感觉向他所采取的材料的拥抱。”[115]诗歌通过一定感情化了的物象来表现一定的思想感情，意象同它所表现出的思想感情是一致的，意象的本质是主观情感与客观物象之审美契合，是抽象与具体之有机结合，鲁道夫·阿恩海姆（Rudolf Arnheim，1904-2007）《视觉艺术》：“把‘具体’与‘抽象’对立起来，只能导致一种错误的两分。”[116]意象是经过审美的筛

112 Liu Bingshan, *Free Talk on English Literature*, Kaifeng: He’nan University Press, 1999, p.8.

113 M. H. 阿伯拉姆著《简明外国文学词典》，曾忠禄、郑子红、邓建标译，长沙：湖南人民出版社，1987 年版，第 150 页。

114 秦秀白编著《文体学概论》，长沙：湖南教育出版社，1992 年版，第 222 页。

115 艾青《诗论》，北京：人民文学出版社，1980 年版，第 198 页。

116 阿恩海姆《视觉艺术》，滕守尧译，北京：光明日报出版社，1986 年版，第 286 页。

选、再融入思想感情、以语言为媒介表现出来的物象，是主观的情思和客观的景物之有机融合，何景明《与李空同论诗书》：“夫意象应曰合，意象乖曰离，是故乾坤之卦，体天地之撰，意象尽矣。”[117]叶燮认为，意象是最富特征的事理同主观情感的结合：“不可言之理，不可述之事，遇之于默会意象之表，而理与事无不灿然于前者也。”[118]约翰·安东尼·卡登《文学术语词典》：“作为一个一般的术语，意象涵盖了用语言来表现事物、行为、感情、思想、观念、心理状态及感觉或超感觉之经验。”[119]埃兹拉·庞德（Ezra Pound, 1885-1972）《回顾》（“A Retrospect”）：“‘意象’是刹那间呈现出的思想与情感的复合体。”[120]诗人将自己的内在之情融化于诗中的外在之象，读者则根据诗中所营造出的外在之象去寻索领会诗人意欲表现的内在之意。这种内在之意即司空图所言之象外之象、景外之景、韵外之致、味外之旨。意象是意与象的有机结合，意是内在的抽象心意，象是外在的具体物象，即象是意的物质载体，意是象的精血灵魂，立象只是手段，表意才是目的。《周易·系辞上》：

> 子曰：“书不尽言，言不尽意。”然则圣人之意，其不可见乎？子曰：“圣人立象以尽意，设卦以尽情伪，系辞焉以尽其言，变而通之以尽利，鼓之舞之以尽神。”[121]

王弼《周易略例·明象》：

> 夫象者，出意者也；言者，明象者也。尽意莫若象，尽象莫若言。言生于象，故可寻言以观象；象生于意，故可寻象以观意。意以象尽，象以言著[122]。

立象之目的是尽意，立象是明意之最佳方式。既如此，《伐木》是如何通过立象以尽意的呢？

117 《何大复先生全集》卷三十二，清咸丰刊本。转引自：唐正序、冯宪光主编《文艺学基础理论》（修订本），成都：四川大学出版社，1994 年版，第 61 页。

118 唐正序、冯宪光主编《文艺学基础理论》（修订本），成都：四川大学出版社，1994 年版，第 61 页。

119 John Anthony Cuddon, *A Dictionary of Literary Terms*, Revised Edition, London: André Deutsch Limited, 1979, p.322.

120 Ezra Pound, *Literary Essays of Ezra Pound*, edited with an introduction by T. S. Eliot, London: Faber and Faber, 1954, p.5.。

121 阮元校刻《十三经注疏》上册，北京：中华书局，1980 年版，第 82 页。

122 楼宇烈《王弼集校释》，北京：中华书局，1980 年版，第 609 页。

一般认为，《伐木》是一首劝告交结朋友、款待亲戚朋友之诗歌。

《诗经·小雅》中起首的五首诗歌《鹿鸣》、《四牡》、《皇皇者华》、《常棣》与《伐木》构成一个阐述君臣之礼、兄弟之情、朋友之义的人伦价值系统，孔颖达《毛诗·序》："《鹿鸣》废，则和乐缺矣。《四牡》废，则君臣缺矣。《皇皇者华》废，则忠信缺矣。《常棣》废，则兄弟缺矣。《伐木》废，则朋友缺矣。"[123]如果说《鹿鸣》、《四牡》、《皇皇者华》、《常棣》与《伐木》构成了人伦价值的一个大系统的话，那么《伐木》与《常棣》则形成了朋友之义的一个小系统，孔颖达："'亲亲以睦'，指上《常棣》燕兄弟也。'友贤不弃，不遗故旧'，即此篇是也。《常棣》虽周公作，既内之于治内之篇，故为此次以示法。"[124]李光地《诗所》："诗意与篇实相首尾。前篇言兄弟分形连气、死生安危、忧乐共之，非朋友可比也。似乎朋友之义缓而不亲者，故复作为此篇。言天伦所以立为朋友之意，在乎德义相规、学业相成，虽生死患难之际，未尝不尽其心力焉。""一则缘朋友之欢，而念及亲亲者益笃。一则资朋友之益，而助于亲亲者益多。此两诗相为首尾之义也。"[125]兹不言《棠棣》，且单说《伐木》。《毛诗·伐木·序》："《伐木》，燕朋友故旧也。自天子至于庶人，未有不须友以成者。亲亲以睦，友贤不弃，不遗故旧，则民德归厚矣。"[126]朱熹注："此燕朋友故旧之乐歌。"[127]程俊英、蒋见元注《诗经注析·伐木》："这是一首宴享朋友故旧的诗。《毛序》：'《伐木》，燕朋友故旧也。'黄柏《诗疑辨证》：'细玩此诗，专言友生之不可求，求字乃一篇大主脑。'"[128]《伐木》第一章写山林幽谷中传出了阵阵丁丁伐木声，伐木声引起了一片和谐柔美的嘤嘤鸟鸣声，所谓"伐木丁丁，鸟鸣嘤嘤。出自幽谷，迁于乔木"者，起兴也。鸟鸣声引发了人们的翩翩联想，激起了人们对亲友之情的渴求，所谓"相彼鸟矣，犹求友声。矧伊人矣，不求友生"者，思友之情发也。朱熹注："故以伐木之丁丁兴鸟鸣之嘤嘤，而言鸟之求友，遂以鸟之求友喻人之不可无友也。"[129]陈奂《传疏》："伐木丁丁，一兴也。鸟鸣嘤

123 阮元校刻《十三经注疏》上册，北京：中华书局，1980年版，第424页。

124 阮元校刻《十三经注疏》上册，北京：中华书局，1980年版，第410页。

125 李光地《诗所》影印文渊阁四库全书第86册，台北：台湾商务印书馆，1986年版，第65页。

126 《汉魏古注十三经》上册，北京：中华书局，1998年版，第68-69页。

127 朱熹集注《诗集传》，上海：上海古籍出版社，1958年版，第103页。

128 程俊英、蒋见元著《诗经注析》下册，北京：中华书局，1991年版，第453页。

129 朱熹集注《诗集传》，上海：上海古籍出版社，1958年版，第103页。

嚶以下，又一兴也。鸟迁乔木而不忘幽谷之鸟，以兴君子居高位而不忘下位之朋友。”[130]紧承第一章，第二、三两章更具体地写出了同亲友宴饮的场面。第二章写以醇香的酒、肥美的羊和谦恭的心宴请同姓和异姓之诸位长辈。第三章又将第二章中同诸位长辈的欢宴扩大到了平辈亲友之间。“有酒湑我。无酒酤我。坎坎鼓我，蹲蹲舞我。迨我暇矣，饮此湑矣”：何其热闹，何其融洽！该诗所用的诸种意象，刺激了读者的感官，唤起了某些感觉，暗示了某些感情色彩，使读者沿着意象所指引的方向迅速进入诗的意境，陶醉于诗情画意的美感之中。换言之，该诗借助于诸种意象的成功运用，向读者提供了一幅幅全方位、多角度、生动、感人的画面，使读者获得了视觉、听觉、嗅觉、触觉、味觉、动觉和理智等方面的审美愉悦。与此同时，该诗规劝人们重亲友之情的主旨已巧妙隐涵其中，不露一丝说教之痕迹，故大有象外之象、景外之景、韵外之致、味外之旨。

130 程俊英、蒋见元著《诗经注析》下册，北京：中华书局，1991 年版，第 454 页。